CUANDO
FUI
MORTAL
Javier Marías

哈维尔·马里亚斯
作 品 系 列

不再有爱

〔西班牙〕哈维尔·马里亚斯 著

詹 玲 译

人民文学出版社
PEOPLE'S LITERATURE PUBLISHING HOUSE

著作权合同登记号:图字 01-2017-2322

CUANDO FUI MORTAL(When I was Mortal)(Including the novella MALA INDOLE ("Bad Endure"), to be published in a single volume)
Copyright © 1996 by Javier Marías
Published in agreement with Casanovas & Lynch Agencia Literaria, through The Grayhawk Agency.

图书在版编目(CIP)数据

不再有爱/(西)哈维尔·马里亚斯著;詹玲译.
—北京:人民文学出版社,2017
(哈维尔·马里亚斯作品系列)
ISBN 978-7-02-013522-6

Ⅰ.①不… Ⅱ.①哈… ②詹… Ⅲ.①短篇小说-小说集-西班牙-现代 Ⅳ.①I551.45

中国版本图书馆 CIP 数据核字(2017)第 270732 号

责任编辑　甘　慧　潘丽萍
封面设计　汪佳诗

出版发行　人民文学出版社
社　　址　北京市朝内大街 166 号
邮政编码　100705
网　　址　http://www.rw-cn.com
印　　制　山东德州新华印务有限责任公司
经　　销　全国新华书店等
字　　数　128 千字
开　　本　850 毫米×1168 毫米　1/32
印　　张　8.25
版　　次　2018 年 5 月北京第 1 版
印　　次　2018 年 5 月第 1 次印刷
书　　号　978-7-02-013522-6
定　　价　38.00 元

如有印装质量问题,请与本社图书销售中心调换。电话:010-65233595

目 录

001 | 夜班医生
013 | 意大利遗产
018 | 蜜月旅行中
024 | 破碎的望远镜
040 | 残缺不全的形象
045 | 肉欲横流的星期天
050 | 我曾活着
067 | 诸恶归返
093 | 无所顾忌
110 | 血染长矛
174 | 犹疑时刻
192 | 不再有爱
199 | 坏习气

夜班医生

> 致现在的 LB，
>
> 和过去的 DC

直到现在我才知道自己的朋友克劳迪娅因丈夫自然死亡已成了寡妇，这让我不由得想起半年前在巴黎度过的一个夜晚。在七人晚宴结束之后，我离开克劳迪娅家送其中一位受邀者回家，因为这位女士没有车，又住得不远，来去步行十五分钟便到了。她是女主人克劳迪娅的意大利朋友，克劳迪娅也是意大利人。那时我觉得这个年轻的女宾客有点儿疯疯癫癫的，不过十分随和。和前几次来巴黎一样，这次我还是在克劳迪娅的寓所借宿几日。之所以邀请这位我已记不起名字的年轻女子，一方面是为了让我高兴，另一方面则是要活跃吃饭时的气氛，也就是说，让说两种语言的人数更平衡。

陪她回去的路上，我还是不得不像在晚宴上的一半时间里那样，磕磕巴巴地说意大利语。晚宴的另一半时间我虽用法语应付，但比起说意大利语来，我说法语更吃力。说真的，没法向任何人准确表达自己想要表达的意思让我烦透了。我极想补偿自己，可我觉得当天晚上实现的可能性很小，因为当我回到能说一口流利西班牙语的朋友克劳迪娅家时，她应该已经跟沉稳的大块头丈夫睡下了，也许改天才会有机会用西班牙语好好聊个过瘾。我感到有说话的冲动，却不得不克制住。由着自己意大利女友的女友，同样是意大利人的她用自己的母语准确无误地说这说那。我则违背自己的意志和愿望，偶尔用意大利语表示同意并说点儿看法："当然，当然。"我漫不经心，仿佛因为喝了葡萄酒而感到疲乏，懒得为语言表达再劳神。我们一边走，一边哈气，我发现她讲的全部和我们共同的女友相关，这再自然不过了，除了把我们联系在一起的七人聚会，我们彼此毫不相干，至少我这么觉得。"不过当然……"我继续用无意义的评价敷衍，她该是对我的漫不经心有所察觉，却照旧自语或者是出于礼貌又说了一会儿。这么一直聊着克劳迪娅，突然间，我听懂了完整的一句话，绝对是那个意思，是我无心听到的，那句话与她所说的一切毫无干系。"克劳迪娅还和那个医生在一起。"我听懂的正是这一句，但并没怎么理会，因为马上就到她家了，我又特别想说母语或者至少是自己待着用母语想事情。

有个人在她家门口等着。这个意大利女友接着说："不，医生在那儿。"或类似的意思。我理解为医生是来给她丈夫看病的，因为他身体不适就没有陪她去参加晚宴。医生是跟我年龄相仿或更年轻些的男士，还是西班牙人——大概仅仅出于这个原因她才引见我们彼此认识，不过介绍得非常简单（他们俩说法语，我同胞的西班牙口音清晰易辨）。尽管从很大程度上来说，我该跟他好好聊聊来满足我想正确表达的迫切渴望，但我女友的女友并没邀请我进门，而是匆匆跟我告别，这可以理解为或者可以说诺盖拉医生已经在门口等了她好几分钟了。我的同胞随身携带了一只黑色小手提箱，是上个时代的款式。医生那张陈旧的脸像二十世纪三十年代的，一头金发如同战斗机飞行员那样梳成后掠式发型。他挺帅，但精瘦苍白。那一刹那我想到，西班牙内战之后像他一样流亡到巴黎的共和派医生应该有不少。

回到住处时，我看见书房的灯还亮着，这让我吃了一惊。要回客房我必定从书房门前经过。我以为是谁忘了关灯，当我把头探进书房里、准备去关灯时，却看到我的朋友克劳迪娅穿着睡衣和睡袍蜷缩在大扶手椅里，她竟然还没睡。虽然多年来每次去巴黎我都是在她的不同住所留宿几日，但从没见过她只穿睡衣睡袍的样子。两件衣服都是杏粉色，显得高贵奢华。尽管六年前克劳迪娅所嫁的年长自己一大截的大块头丈夫很有钱，可出于性格、国籍或者年龄，他特别抠门。他唯一的炫富方式就是为宽敞舒适的房子购置家居饰品，其余的什么都不能买，我的女友为此抱怨过许多次。此外跟他们的经济实力相比，他们花钱特别节制，跟他们的财力不相符。

我跟克劳迪娅的丈夫除了像那次晚宴一样一起吃过几次晚餐外，几乎没有交集。在这种晚宴上既用不着去结识原本不认识的人，也不必跟陌生人交流，算得上最理想的场合。她丈夫叫埃里埃，这古怪的名字男女适用（我听着觉得有点儿女性化）。我觉得他好像一个阑尾，一种可以容忍的阑尾。不少风韵犹存的单身或离婚女性在四十岁的当口，或许四十五岁时，倾向于开始新生活：找一位上了些年纪又肯负责的男士，女方对其并无兴趣也从不跟他眉来眼去。然而这类男士能让她们继续在社交生活中如鱼得水般畅游，还能组织像那天一样的七人晚宴。埃里埃的身形令他十分抢眼：差不多两米高而且肥硕，特别是上半身的体量更大，他看上去好像一只旋转陀螺，支撑着他的两条瘦腿看上去仿佛一条腿。我们在走道里迎面碰上时，他总是摇摇晃晃的，为防止滑倒得靠近墙壁把双手张大来找一处支撑点。在晚宴上，他迫不得已地占据桌子的首席，因为要是他坐到桌子一侧的话，那走形的大块头就得独占一侧，就失衡地独自面对四位坐得挤挤挨挨的食客。他只说法语，不说其他语言。据克劳迪娅讲，埃里埃在自己的领域颇有建树，这个领域指的是律师行业。克劳迪娅走过六年的婚姻生活后，并不是我感觉到了她的消沉，而是她从没绽放过热情，就算在外人面前也无力掩饰。激怒我们的总是那些对我们来说正变得多余的人。

"你怎么了？怎么还没睡？"我问，终于能用母语表达自己的想法的确让我轻松下来。

"还没睡。我觉得很不舒服。有位医生要过来。"

"这个时间来吗？"

"是夜班医生，值班医生。"

"好多个晚上我都得叫他来出诊。"

"可是，你怎么了？你从没我跟提起过。"

克劳迪娅把扶手椅旁可调灯的光调暗，仿佛在回答我之前，她想待在半明半暗里或者不想让我辨出她无意识的表情。当我们说话的时候，脸上写满了无意识的表情。

"没什么，女人的毛病。可一发作起来就特别疼。医生给我打一针止痛。"

"哦。埃里埃不能学着给你注射吗？"

克劳迪娅带着夸张的神情一本正经地盯着我看，现在她调低的是回答我问题的声音，但回答其他问题时并非如此。

"不，他不行。他的手腕抖得厉害，我信不过。要是他给我注射的话，我敢肯定对我不起作用。或者他弄不清楚，给我注射了什么别的药，毒药也未可知。常来的医生人很好，而且他们值班，深夜到家里出诊就是为了应对我这种情形。对了，医生是西班牙人。说话的时候他就该到了。"

"西班牙医生？"

"是啊，我觉得是巴塞罗那人。当然，我不知道他有没有法国国籍，因为必须有国籍才能执业。他在这儿很多年了。"

我陪克劳迪娅那位女友回家的工夫，克劳迪娅换了发型。也许不过是睡觉前散开发髻而已，可我觉得那是种发型，并非在一天行将结束时把头发随意披散开来。

"要是你觉得疼，你希望我陪你等还是更愿意自己待着？"

我小心翼翼地问。既然她还没睡，在我能抛开可恶的外语、说会儿西班牙语、从晚宴喝的葡萄酒中清醒过来之前，就是这些愿望能被满足之前我不打算上床就寝。没等她开口回答，我补充说（其实是为了让她无法回答）："你的朋友特别可爱。她告诉我她丈夫病了，弄得这个街区的医生们夜里不消停。"

克劳迪娅迟疑了片刻，我发现当她不说话时，她眼中又一次闪烁着有所保留的神色。然后，她没看我，说："是啊，她丈夫比我这位还讨厌。他年轻，年纪只比她大一点儿，他们都在一起十年了，他还是特别抠门。她跟我一样，收入不多，而他连热水的费用都要跟她分摊。有一次她用用过的洗澡水浇花，那些花没过多久就死了。他们一起出门也是各付各的，他连给她买杯咖啡的钱都不愿花，所以有时候他独自吃甜品而她什么也不要。她赚钱少，她丈夫那种男人认为夫妻双方赚得少的一方必定会占另一方的便宜，并深信不疑。他限制她打电话，在家里的电话机上安了一个只能打市内电话的装置，所以她必须到电话亭用硬币或电话卡才能和意大利的家人通电话。"

"为什么不分居呢？"

克劳迪娅停顿了片刻才答道："我不知道，遇到同样情形的话，我也不会选择分居，虽然我的状况没她那么糟。设想她赚钱少是真的，设想她占便宜是实情，设想执迷于管控赚钱少的妻子开销的抠门丈夫有道理；但夫妻相处就是这样，有好处也有不如意的地方。"克劳迪娅把光线调得更暗，我们几乎待在黑暗中，她的睡衣和睡袍看上去像是红色的。她把说话声压得更低，低得变成一种怒火中烧的窃窃私语。"你觉得我为什么这么痛苦？为什么不得不叫医生来给我注射镇静剂？幸好只是发生在晚宴后或有聚会的夜晚，他吃喝之后，情绪激动。他看到其他男人看我，就琢磨那些男人和他们的目光，琢磨其他男人所不知道的，但他权当是真的或假设是真的，于是就想实现它，不管是姑且认为、假设还是不知道。不是想象。对他来说，想象怎么够呢。"她沉默了一会儿又说："那胖子简直折磨人。"

尽管我们已是多年的朋友，但彼此间的信任并没有深得去触碰这样的话题。并不是这种事会搅扰我，而是我丝毫不喜欢因深深的信任把这种事挑明。我不习惯这种情形，所以我可能笑得有些尴尬（但她可能没有看我），我笨拙地应答，这么做或许是要说服她别再说下去，我跟她的想法相反。

"我明白。"

门铃响起,接着传来轻轻的叫门声,显然是通报已在家中等候或是正等待叫门的人。

"夜班医生来了。"

"我回房间了。不打扰你。晚安!愿你很快就不疼了。"

我们一起走出书房,她去门口而我去厨房,朝跟她相反的方向走。我想睡觉前在厨房看会儿报纸,入夜后那儿是这个家最暖和的地方。在走道通向厨房的转角处我驻足片刻,转身朝大门看。在我张望之际,克劳迪娅打开了门,她杏粉色的后背挡住了医生。我听见他用西班牙语说:"晚上好。"我仅看到没被我的意大利女友遮住的医生的左手拎着一只跟另一位医生一模一样的公文包。另外那位医生同样来自西班牙,眼前这位,女友的女友在她家门口给我介绍过,而我记不起他的名字了。他该是开车来的,我心里寻思这位医生。

他们关上大门,顺着走道往里走,没看到我。克劳迪娅走在前面,于是我朝厨房走去。我在厨房坐下,倒了杯杜松子酒(愚蠢之举),接着翻开下午买的西班牙语报纸,虽是前一天的报纸,但对我来说都是新消息。

我听到女友和医生走进孩子的房间,孩子们去别的孩子家过周末了。那间儿童房隔着长长的走道正对着厨房。几分钟之后，我从本来坐着的椅子上起来，挪到微眯着眼能窥见儿童房门框的地方坐下。门虚掩着，灯光被他们调得分外柔和，要我说就像克劳迪娅在等医生来、跟我在书房谈天时的那种亮度。我既看不到他俩也听不见任何声响。我又把报纸拿过来读。没过多久，我的视线再次转移，因为我感到在那扇虚掩着的门的门框处有个人出现了。我瞧见了医生，看到了他的侧影，他朝上举高的左手拿着注射器。他的身影在我眼前一晃而过，因为背光，我没法看到他的脸。我发现他是左撇子。医生和保健师把注射器举高时，他们会稍稍推针筒以确认空气都出来了，针头没有堵塞，防止发生有空气注入这更为严重的险况。我小时候家里的保健医生卡耶塔诺就这么做。夜班医生检查完注射器之后，朝前走去，重新从我的视线中消失。克劳迪娅该是靠在哪个孩子的床上，光源肯定在床附近，对我而言过于微弱，但对医生来说够用了。我觉得医生是往克劳迪娅的臀部注射的。

我又拿起报纸，过去好长时间了他们才再次在门框处现身，是她或是共和派医生，也许谁也没有出现。一种白操心的感觉油然生起，我突然想到也许他们正是等我回客房才肯从房间出来，才分开。我也想到自己如果全神贯注地读那条有争议的体育新闻的话，他们应该会默不作声地离开，而我也不会注意到什么。我尽量不弄出任何动静免得惊扰到已睡下好一阵子的老埃列埃。我把报纸夹在胳膊底下，准备回客房。离开前我关了厨房的灯。熄灯后，在我静默的片刻，那两个身影——我朋友克劳迪娅的和夜班医生的，重新出现在门框处。他们在门槛处止步，我在暗处看到他们朝我这边望，或是我觉得他们这么做。那一刻，他们看到的是厨房的灯熄了，我则一动没动。毫无疑问，他们想到的该是我没跟他们打招呼就回自己房间了。我之所以任由他们相信，之所以看到他们之后还一动不动地留在厨房，是因为那位总是背对着光的医生，左手又举起注射器，身着睡衣和睡袍的克劳迪娅则拽着他的另一只胳膊，似乎跟医生接触还有医生的镇定给她注入了勇气。他们相挽着来应对紧急状况。儿童房外传来脚步声，从那时起我就看不见他们了，我只听到主卧的门被推开。埃列埃该是睡着了，我却听到门被关上了。我以为也许医生把克劳迪娅留在卧房后，接下来听到的该是医生要离开的脚步，他完成了对这个家庭成员的保健任务，该走了。但并非如此，那个夜晚我在听到最后传来的声音之前，听到了夫妻卧房的闭门声，一位左手拿着注射器的夜班医生蹑手蹑脚地也进了主卧。

我分外小心地脱了鞋穿过整个走道回到自己的房间。我脱下衣服,钻到床上把报纸读完。关灯前,我等了一小会儿,就那么短短几秒的工夫我终于听到临街大门的响声和克劳迪娅用西班牙语跟医生的道别:"那就十五天以后见。""晚安。谢谢!"实际上那天晚上我还想再多说说西班牙语,但我失去了跟一位爱国医生交谈的两次机会。

第二天上午我返回马德里。离开克劳迪娅之前,我问她感觉怎么样,她告诉我挺好,已经不疼了。埃列埃则相反,因为前一个晚上种种无节制的放纵,他还是不舒服,并为无法跟我告别而道歉。

过后,我在电话里跟埃列埃聊过(这是因为接下来的几个月里,当我从马德里给克劳迪娅打电话时,有时候是他接电话的),可我最后一次见到他本人是在七人晚宴结束后,我离开他家陪那位现在我已记不起名字的意大利女友回家。正因为我想不起来了,我不知道下次再去巴黎的时候自己敢不敢向克劳迪娅问起她。眼下,埃列埃已不在人世,我可不想冒什么险,免得知道克劳迪娅是在那次我离开后变成寡妇的。

意大利遗产

同样的 ①

我有两个意大利女友,她们都住在巴黎。直到两年前,她们彼此还既不认识,也没见过面。我在一个暑天介绍她们认识,我是她们之间的纽带,恐怕依然如此,不过她们没有再见过面。自打她们认识以后,或者更确切地说是自打她们见过面以后,两人都知道我认识她们,两人的生活都过快地发生了变化,但变化不是同时发生的,而是依次出现。我已不知道是该和其中的一位断交好让另外一位女友解脱,还是改变自己和那另一位女友平静如水的关系以便第一位从她的生活中消失。我无所适从,就连该不该讲述也不清楚。

起初,除了对书籍的浓厚兴趣外,各自都凭着耐心、迷

---

① 原文是意大利语。

恋和细致营造出藏书室,她俩没有任何共同点。和我友情年头最久的女友吉乌维娅是爱书之人。这位墨西拿老大使(也就是说,新法西斯主义分子)的女儿已婚,有两个孩子,并不工作,因为出租了几处房产,她靠租金生活。她差不多把所有时间都花在最能激发自己热情的事上。在充斥着虚伪,溢满明争暗斗气息的仿十七世纪法国沙龙中,她像杜德芳侯爵夫人那样款待作家。我的新朋友西尔维娅之所以爱书则是职业使然。她更年轻,单身,没什么钱,有些藏书而已。要不是在意大利的报刊上发表访谈和文绉绉的有关生活方式的文章,她的生活难免有些捉襟见肘。她不在家里招待什么人,她去咖啡馆或电影院见作家,或是跟他们共进晚餐。我呢,虽然对她们来说是外国人,也是这座城市的异乡客,西尔维娅在外面和我会面,吉乌维娅在家里接待我。吉乌维娅在家里招待我时,她丈夫因为厌倦与西班牙有关的一切,通常会出门数小时。她丈夫比她大二十岁,也是作家(但写的是工程协议)。吉乌维娅拥有的那份不确定的财富够她有节制地去花销。有一个暑天,她丈夫该是因为工作而离开家较长时间。吉乌维娅透过厨房的窗子开始关注一名住在下面一层楼的年轻男子。她发现他总坐着,上身赤裸,戴眼镜,貌似在读书的样子。后来，他俩在楼梯里打了照面。吉乌维娅的丈夫回来之前他们成了情人，把未署有发信人姓名的情书塞进对方的邮箱。不过一个月光景，她丈夫要求离婚并且搬走了。那位邻人则有时上楼来，有时回楼下。

正是这时候，我的另一位朋友西尔维娅告诉我她要结婚了，对方是一位和她一起喝咖啡或看电影的上年纪的男作家，她太习惯跟他在一起了，以至于到了离不开的地步。据西尔维娅说，她丈夫比她大二十岁，极睿智，颇有点名气，还有从十年前去世的前妻那儿继承下来的一笔财产。那时唯一让我警惕的是西尔维娅嬉笑间告诉我她丈夫厌恶和西班牙有关的一切，大概出于这个原因，当我到巴黎时，她将不得不继续在咖啡馆和影院跟我见面。

与此同时，老友吉乌维娅与假大学生缠绵不休（他三十来岁，跟吉乌维娅年龄相仿，戴眼镜让他显得年轻而已。他有份不错的差事，是家跨国公司的心理咨询师）。那种跟她年龄和个性相符的生活前夫没想过给她或者没有能力给她：吉乌维娅和男友除了像大多数人一样在夏季旅行，整年都会到僻远之地度假。在九个月里他们的足迹踏遍了巴厘岛、马来西亚，最后去的是泰国。在泰国时，那位心理咨询师或假大学生莫名其妙地病倒了，他的病症唤起了临床医生们极大的兴趣，连王后的御医都过来瞧他。没人知道他得的是什么病。但难挨的十五天后他康复了，于是他们返回巴黎。

差不多就是那个时期（成婚不过数月，而非几年），因为新婚丈夫意外地在家里楼梯摔了一跤（巴黎不带电梯的住宅楼太多），西尔维娅在家里宅了一段时日。她在电影院（这次是独自去的）认识了一名跟她年纪相仿的男子。她跟这名男子一连好几个星期看了很多部电影，两个人还一起去了不少次咖啡馆。由于死气沉沉的夫妻关系被一种更炽热的激情所替代，西尔维娅于是别无选择，只得谋求迅速离婚并承认自己的错误（也就是缺乏耐性或软弱或唯唯诺诺或忍气吞声）。那名年轻男士可比老作家阔绰多了。他是一家贻贝和金枪鱼罐头企业的副经理，出于工作原因需要频繁出差到遥远的国度采购或是进行见不得人的交易。西尔维娅跟他去了中国，然后又去韩国，再后来到了越南。那位罐头公司的副总在最后一个国家染上重疾，原因不明。由于无法预知归期，他不得不把两周内数不清的买卖谈判都推迟。

我从未对西尔维娅提起过吉乌维娅，也不曾向吉乌维娅提过西尔维娅。因为两个人中没有一个对其他人的生活感兴趣，而我也觉得把最初只是和我一个人分享的事灌进他人的耳朵里颇没教养。但如今我心生疑惑，因为这个夏天当我去巴黎拜访吉乌维娅时，她的状况不怎么好：自打三个月前他们决定同居以后，那个假大学生或是心理咨询师的脾气就变得极其恶劣；他厌恶书籍还逼吉乌维娅把藏书室拆掉；他为人粗鲁，动手打她。最近一段时间，她假装睡着时，有两次看到他在床尾摩挲一把刀（她说其中有一次，他像旧时理发匠那样用钢刀布磨刀）。吉乌维娅相信他的举动只是暂时现象，是那种谜一般的泰国疾患留下来的后遗症或者因为这个永无终结的暑天难以忍受的酷热造成的紊乱。但愿如此！不过，想到西尔维娅和她的罐头商丈夫正在考虑只留一套公寓，该跟她聊聊，至少得挽救藏书室并且尽力说服她丈夫用电动剃须刀。

蜜月旅行中

我妻子身体不适，于是我们匆匆返回酒店。进了房间她便躺下来。她感到忽冷忽热，有点儿想吐，还有些低烧。我们不想马上找医生，想等等，想看看症状会不会自行缓解。我们正在蜜月旅行中，不希望被陌生人搅扰，就算来人是出诊医生我们也不愿意。她觉得头晕，大概是肠胃不适什么的。我们在塞维利亚，入住的酒店前面有一片空地，把酒店和熙熙攘攘的街道分隔开了。妻子睡着了（我把她放到床上，给她盖毯子的时候她似乎睡着了），我决定静静地待一会儿。若要自己静静地不弄出任何声响，也不因为无聊而想跟妻子说话，最好的方式莫过于探身朝阳台外面看，瞧瞧来来往往的人，那些塞维利亚人，他们怎么走路，如何穿衣打扮，如何交谈。当然因为酒店和街道之间有段距离，传入耳中的不过是些隐约的低语。我放眼望去却什么都没看到，如同某个参加聚会的人，环顾左右，知道自己唯一想见的人因为在家里陪着丈夫不会出现；唯一的这位和我在一起，在我身后，被丈夫守护着。我看着外面，心里想的却是屋内。突然，我的目光锁定了一个人。之所以锁定她，是因为她有别于瞬间经过又马上消失的其他人，她站在那里不动。从远处看去那是一名三十来岁的女子，上身穿件无袖蓝衬衫，下身穿条白裙子，高跟鞋也是白色的。她在等人，因为她时不时地向左或向右踱几步，那是等人的架势，毫无疑问。踱步时她穿着尖细高跟鞋的两只脚一先一后迈开，有些拖沓，显出在按捺不耐烦的情绪。她胳膊上挎着一只大包，类似我幼年时母亲挎的那种，我妈妈曾用过一个过时的黑色大挎包，和现在流行的肩包不一样。她每次踱两三步，随后就拖沓着高跟鞋，重新回到选定的等候处时，壮实的双腿牢牢钉在那儿。那么粗壮的腿，让鞋跟看上去似乎消隐了，或者腿和鞋跟形成一体，于是她的双腿像是直接戳进了路面里，犹如尖刀刺入湿木头那样。有时候，她一条腿跨在前面，头朝后扭转，伸手把裙子弄平整，似乎担心如果裙子上有褶皱的话，会让她的臀部不好看。也许她是隔着裙子整理不太服帖的内裤？

夜幕降临，渐渐暗下来的天色让我感觉她愈发形单影只，注定会空等一场,她的约会对象必定不会来赴约。她并不像等人者通常做的那样倚着墙等,为的是不妨碍不等人者和过往行人的脚步。她站在街当间等,于是避让行人时遇到了问题,有几个行人跟她说了点儿什么,她愤愤地回答,还甩动巨大的包相威胁。

她抬起的目光不经意间朝我在的第三层楼望过来,我觉察到她的双眼第一次盯住我不放。她使劲地看,为了能看得更清楚,她略微眯起双眼,好像她是近视眼或者戴着脏兮兮的隐形眼镜。我发现她看着的人是我。在塞维利亚我可谁也不认识。我初到此地,和身后的新婚妻子来度蜜月,她突然抱恙,但愿没什么要紧的。听到从床上传来的呻吟,知道那是睡梦中发出的一声哀叹,我并没有回头。自己枕边人熟睡时发出的声音人们总能马上辨识出来。那女子朝我的方向走了几步。她左右躲闪着车流,根本不看红绿灯就强行穿越马路,好像她想要凑近我探身的阳台,仔细瞧瞧我,快些证实我是否便是跟她约会的人。然而她走起路来既吃力又缓慢,仿佛不习惯穿高跟鞋,仿佛那壮实的双腿并不属于她,或者手里的包让她无法保持平衡,或者她有些头晕?谁知道。她走路的样子和我妻子身体不适时走路的样子差不多——她进了酒店房间的门，我就帮她脱下衣服，让她上床躺好，然后给她盖上毯子。街头女子已经穿过马路，虽然离我还有些距离，但靠得更近了。把酒店与喧嚣隔开的那片开阔的空地也把她跟酒店隔开了。她仰起头朝我或是朝我所在的楼层看，然后她挥动胳膊做了个手势。那不是打招呼或是要过来的意思，我指的是，那不是要靠近一个陌生人的手势，而是表明占有和确认，仿佛我是她要等的人，她要跟我约会。似乎她那挥动的臂膀，那活动得令人眼花缭乱的手指，想要紧紧抓住我，要对我表达"你过来"或者"你是我的"。她嚷嚷着什么，我没法听清。看她的口型，我只明白了第一个词：嗨！她说话的时候一直都怒气冲冲的。她继续朝前走，眼下她更有理由把手伸到后面摸裙子，因为等她的这个男人似乎该评价一下她的外貌，已经在她眼前的男人现在该夸夸她穿的裙子很漂亮。这时我听到她说："喂，你在那儿干吗呢？"能十分清楚地听到喊声，当然也能更清楚地打量她。这女子可能不止三十岁，依旧眯缝着的双眼不是深颜色的，而是灰色或栗色的；厚嘴唇，鼻子有点儿宽，因为生气，鼻翼强烈地翕动。她该是等了很久，在我锁定她之前就待了挺长时间。她走得跟跟跄跄，磕绊了一下，然后摔倒了。她的白裙子脏了，一只鞋也甩了出去。她吃力地站起来，不想让没了鞋的那只脚沾到地面，像是生怕绿草会弄脏她的身体，因为她的约会对象来啦，还因为她必须让脚干干净净的，也许和她约会的男子想看呐。她一只脚着地，把鞋穿好了，然后抖了抖裙子又大叫道："喂，你在那儿干吗呢？你干吗不告诉我你已经上去了？没看见我在这儿等了你一个钟头吗？"（她说话流畅，有塞维利亚口音，把C和Z都发成不咬舌的S。）她一边说着，一边再次强硬地向空中挥起光溜溜的手臂，手指群魔乱舞般地急速晃动，仿佛在说"你是我的"或者"我要宰了你"，似乎凭她的动作就能抓到我，把我拽走，似乎伸过来的是一只熊掌。这次她嗓门太高了，而且离得又那么近，我担心会吵醒躺在床上的妻子。

"出什么事了？"妻子弱弱地问。

我回过头去，妻子坐起来，眼神里充满惊恐，就像一个猛然间惊醒的病人，不知自己身在何处，何以如此迷惑。灯关着。眼下她就是个病人。

"没什么，你再睡会儿吧。"我答道。

我无法抽身离开阳台，无法把视线从那个确信跟我有约会的女子身上移开，所以我没有像出现其他类似情形时那样，走过去轻抚妻子的头发或是让她平静下来。现在她能清清楚楚地看到我,对她而言,我就是跟她定下重要约会的那个人,让她在等待中备受煎熬的那个人,我的迟迟不来伤害了她。"你没看到我在那边等了足足一个钟头吗?"她怒不可遏地大声嚷,"为什么一个字都不说?"现在她就站在酒店下面,正对着我房间的阳台。"听到我说的话了吧!""我要宰了你!"她再次张牙舞爪地挥动手臂和指头,摆出要抓住我的架势。

"到底发生了什么事?"床上的妻子一脸茫然地又问了一遍。

就在我退回到房间里、把阳台门虚掩上之前,我看到街头那个女子挎着她过时的大包,粗壮的双腿踩着尖细的高跟鞋,迈开步子摇摇晃晃地从我的视野里消失了。她进了酒店,准备冲上楼来找我赴约。想到要跟生病的妻子解释即将会发生的事,我脑子里一片空白。我们在蜜月旅行中,不希望被陌生人打扰,当然啦,对正在爬楼梯上来的那个人而言,我似乎不是陌生人。我感到一阵虚空。关上阳台门,我准备开门迎客。

破碎的望远镜

献给梅塞德斯·洛佩斯·巴耶斯特罗斯,
在圣塞巴斯蒂安

圣枝主日①那天我的朋友们几乎都逃离了马德里,我则到赛马场去消磨下午时光。赛事已进入第二轮,但依旧没什么看头。我左边的一个人要把望远镜架到鼻梁上,他本来是想好好看看最后一段直线跑,却毛手毛脚的,无意之中胳膊肘重重捅到我。我正举着自己的望远镜看赛马,这一击使我失手把望远镜掉到了地上(我总是忘了把望远镜挂在脖子上,为此我那天付出了代价——望远镜摔在高高的台阶上,虽没有反弹起来,但其中的一只玻璃镜片碎了,支离破碎的望远镜静静地躺在地上)。那名男子在我之前俯下身去,他告诉我

---

① 也叫基督苦难主日,是指复活节前的星期天。

镜片碎了，同时还道了歉。

"呀，真对不起，"然后他又说，"真是的，镜片碎了，倒霉。"

我看到他弯着腰，第一眼撇见他衬衫袖口上卡着的是袖扣而非系着扣子，如今真是难得一见，只有那些特别喜欢故作风雅或执意念旧的人才敢用；第二眼看到的是把配着枪套的手枪，紧贴着他身体右侧（他应该是左撇子）。他弯腰时，外衣的后下摆掀起来，于是让我看到了枪托。这更是少见。我马上想到他有可能是警察。他站直以后，我发现他是个大个子，比我高一头，三十来岁的样子。那个特别直又特别长的望远镜筒分外抢眼，当然是又一个老派的标志。要是在十五年前，甚或一个世纪以前，这种镜筒并不会引起我注意。他看上去好似一根火柴，这副望远镜镜筒跟他的头型挺相配，能让他那长形的小脑袋显得大些。

"我会给您修望远镜的钱，"他有点儿手忙脚乱地说，"拿着，我的望远镜先借给您用。才刚赛第二轮。"

第二轮其实已经结束了。因为不知道哪匹马赢了，我不敢像别人那样，把攥在手里的投注券撕了——输了的话立马把票撕碎扔到地上，这样的瞬间便把错误的预言抛到了脑后。

当时我手里拿着自己破碎的望远镜（不久前我在飞机上买的），还有他那副完整无缺的望远镜（他边说借边塞给我，我木木地接过来不想让它也摔在地上），显得有点儿手足无措。看到我的窘样，他扯过我的赌马券，把它塞进我夹克外面的胸兜里，接着把一包爆米花扔进我怀里，像是要告诉我票已安放妥帖。

"可是您把您的望远镜给我，您怎么看呢？"我对他说。

"您要是不介意我们一起看的话，我们可以一块用。"他答道。"您就一个人对吧？"

"对，就我自己。"

"唯一一件事，"他接着说，"我们得在这里看全部的比赛。我在值班，今天轮到我执勤，我不能乱走动。"

"您是警察吗？"

"不是。我怎么会是警察，是的话我还不得饿死。那个烂差事！我倒是认识几个警察。您觉得我要是警察的话，能穿这身吗？您倒是看看我呀。"

他边说边张开双臂朝后退了一步，张开那双仿佛魔术师的手。事实上，就我的品位来说，他的那身行头尽管价值不菲，却搭配得不伦不类：显然极难买到的双排扣西装（如我说过的，没系扣子敞着）是怪兮兮的灰绿色；那件算是杏粉色的衬衫在这种场合穿出来显得过于死板，而且衬衫本身虽不赖，却很不适合他这么高的男人；领带的主色调是黄色，上面印满了鸟儿、昆虫、令人厌恶的米罗风格画、猫眼睛等图案，足以引发密集恐惧症；袖扣还算不错，锃亮耀眼，大概是杜兰的①；最不可思议的是他脚上的那双鞋，既不是系带鞋也不是船形便鞋，而是高到脚踝处的童靴，其余的穿戴都还算有些老派的古典特色。那双靴子因此而显得更加扎眼。如此这般，显然在着装搭配方面肯定没受过指点，既不谨小慎微，也没有独到的眼光。

"明白了。"我随口说道，因为不知道该说什么。

"那么，您值班干什么？"

"我是保镖。"他答道。

"哦，您是谁的保镖？"

男子把刚刚借给我的望远镜拿回去，透过望远镜朝贵宾席看，其实那儿离我们非常近，根本用不着通过望远镜去瞧。他把望远镜还给我。看上去松了一口气。

---

① 西班牙皇家御用品牌。

"他还没到，还有时间。就算来也要等第四轮开始后才到，来跟他的朋友打声招呼。其实他和所有人一样，想看第五轮。他没工夫消遣，我的意思是您早早到这里来消磨时间，他不行。他得在电话里谈生意或是睡会儿觉提提神。我先来看看下午赛场的情况，气氛紧不紧张，做好准备。"

"紧张？您想说什么？这儿能有什么事发生？"

"通常什么事都没有，但必须有人打头阵。当然，还得有人跟着老板，得有殿后的。我一般打头阵。比如，我们去餐厅或赌场，或是停下来到公路旁的酒吧喝杯啤酒，之前总是我先进去探情况。推门进入公共场合的那一刻会碰到什么情形永远都没法预料。没准儿碰上两哥儿们正打得头破血流，这种事不多见。不过您知道，有时服务生把红酒弄洒了，脾气不好的顾客可能会推搡他。我可不想让老板看到这种情形，让他觉得卷进麻烦里。飞过来的酒瓶子不长眼，对吧？马德里每天乱飞的酒瓶子可比您能想到的要多得多。人们互相嘲讽，甚至拔刀相见，神经正紧张，这时要是有钱财登场了，所有人都会停下来，而且寻思'埋单的人来了'。哪怕是正在动手掐架的两个人，也能马上结为同盟，为了钱财一致对外，'活该有钱人破财'，所以必须把招子放亮。"

那男子用手指指着眼睛。

"真的吗?"我问,"您老板这么有钱?那么大的派头?"

"他长了一张有钱人的脸,有钱两字写在他脸上了。就算他三天不刮胡子,穿成乞丐模样,照样能从脸上看出他是有钱人。我都稀罕那张脸。我们进奢侈品商店,一如既往,是我头一个进去。尽管我西装革履,但店员一看到我就拉长了脸,或者装着没看见我,根本不搭理我,扭头去接待其他一直没人理的顾客,或装模作样地找东西,在抽屉里翻来翻去。我根本不搭理他们。我负责摸底,待一切都在掌控中后,回到门口给老板开门,让他进来。他一露脸,所有看到他的店员都丢下正在接待的顾客和正收拾着的抽屉,满脸堆笑地跑过来为老板服务。"

"您老板财大气粗,连店员都认出他来,他肯定是名人吧?"

"对,有可能,"保镖说,似乎没有想过这一点,"他越来越有名。他是银行的,知道吗? 金融圈的,但我不告诉您他是谁。嗨,咱们干吗不到马厩那边去,该押第三轮了。"

往马厩走去的路上,得知第二轮赌马没押中,我们就把投注券撕了扔到地上。我跟一位每个星期天都来看赛马的哲学家迎面相遇,还碰到海军上将阿尔米拉(他命中注定的姓和海军上将一词的拼写相仿,不过他的姓字母少)①和他那漂亮却跟他不般配的妻子。他们向我点头致意但什么都没说。也许是看到我身边那位装扮得十分不得体的哥们儿,让他们心生羞愧,我的身高只到那保镖的肩膀。眼下,我脖子上挂着他的望远镜,手里攥着摔碎的那只,我的小巧玲珑,他的又笨又沉。那个笨重的玩意儿拴着皮带挂在我脖子上,我可不敢保证,会不会出什么岔子再把它摔到地上。当我们望着马匹转圈时,我看出来他想问我是干什么的,因为不想谈自己,于是抢在他开口前我先说:"嗨,您觉得十四号马怎么样?"

"好马。"他说。一点儿都不懂马的人总这样说。"我想我会把注押在这匹马上。"

"我可不押它,我感觉它有点儿紧张。甚至有可能待在起跑门那儿不动。"

"会吗?您这么想?"

---

① 这名海军上将姓 Almira,海军上将的西班牙语是 Almirante,两个词的拼写很接近。

"看上去有钱的面孔在这儿可不管用。"

我说得并没那么有趣,男子笑了,是那种瞬间绽露的笑容,没有一丝心机。这样的笑容属于天真单纯的人,属于不考虑行为举止是否得体的人。接着,他没问我行不行就拿起了他的望远镜,朝贵宾台方向快速地扫视了一番。因为从我们所在的马棚看不到那儿,他还拽了拽望远镜的带子,把我的脖子弄得有点儿疼。

"怎么样?他没到吧?"我问。

"没到,幸好还没到。"他答道,我觉得他的答话是出于直觉。

"工作多吗?我想问的是危险的情况多不多,就是需要您处理的情况,需要您全力应对的。"

"没我想要的那么多。您看,我这行当干活时神经高度紧张,靠的是提前行动,同时又挺被动,必须时刻保持警惕。有两次我扑住了名人,其实他们只不过想跟老板打个招呼,没有任何理由阻拦他们。我双手抓住他们的后背,把他们制伏,还把他们揍得不轻。为此我挨了骂,所以要特别小心,要估计动机,不能太提前。没错!其实没怎么出过事,但因此就认为要不要安保都无所谓,那就危险了。"

"当然了,您会放松戒备。"

"我绝不会放松戒备,不过要想点儿法子,强迫自己保持警惕。我打头阵时,陪在老板身边的保镖就特别大意,我注意到了。他完全沉迷在游戏机里,他有这个嗜好。我有时候责骂他。这可不行,您明白吗?"

"我懂。那他——老板,对你们怎么样?"

"哦,对他来说,我们都是隐身人。我们在前面,他在后座,他什么都干。我就见过他做那种不堪入目的事。"

"不堪入目的事?哪一种?"

保镖拽着我的胳膊往投注券售卖亭走。跟这么个大个子在一起让我觉得难为情。他拽我的方式也是保护式的,也许他不知道怎么和不归他保护的人打交道。对我的问题他先迟疑了片刻,接着才开口道:"好吧,比如在车里跟娘们干,真脏!他的想法真龌龊!您明白吗?"他摸摸自己的前额。"哎,您不是记者吧?"

"不是,我向您保证。"

"那就好。"

我押了八号马,他押了十四号。这人挺固执,或者说迷信。我们回到看台,坐着等待第三轮的开始。

"咱们怎么用望远镜?"

"我看起跑,您看终点,您觉得如何?"他答道,"再次向您道歉。"

他又一次拽过望远镜,而不是从我头上取下来,朝贵宾席望。不过现在我们俩挨着,他不用拽带子。他朝贵宾席望了一眼,旋即把望远镜放回我膝头。我看着他那双不伦不类、为他的大脚增添了童趣的靴子。赛马过程中,他特别兴奋,冲着十四号马大声嚷嚷:"加油,纳尔尼亚,让他们瞧瞧!"这匹马虽没有在起跑处止步不前,可跑得不欢,区区第四而已。我的八号马排在第二。所以我们满脸不高兴地撕了投注券。就该这么做,让它见鬼去吧。

突然,我发现他一副垂头丧气的模样,这不可能是赛马引起的。

"您怎么了?"我问他。

他没有立刻回答,他盯着地面,注视着撕碎的投注券,上半身前倾的幅度那么大,头都快埋进张开的双腿之间了。仿佛他头晕,担心呕吐弄脏裤子,所以才这么低着头。

"没事,"他终于开口说话了,"这是第三轮。如果我的老板和同事来的话,他们快到了。他们一到,就轮到我上班了。"

"您要待在这儿盯着,对吗?"

"是的,我必须待在这儿。您不介意的话,能陪我吗?好吧,如果您想到马厩那边去下注,您去好了,然后回这儿来看比赛。我拿着望远镜,以防发生什么事。"

"我去下个注,马上回来。下注用不着看见马。"

他给了我一万比塞塔投注连赢,另五千比塞塔投上一轮的冠军马。我走下看台去下注。售卖亭没人排队,我没耽误一点儿工夫就买到了。我回到看台上时,他还是低着头,看上去不像保持警惕的样子。他全神贯注地摩挲着自己的络腮胡须。

"他到了吗?"我问他,没话找点话说罢了。

"没有,还没,"他答道,抬起头,又举起望远镜,朝贵宾席看了看,这几乎成了一种机械动作,"还没轮到我值班。"

他还是无精打采的,天真无邪的神情转眼间全消失了,他仿佛被乌云遮住,对我爱理不理,什么都不聊。我差点儿要跟他说,我可以离开他,到最下面的台阶去看比赛,那个位置用不着望远镜。不过我担心他的工作。快轮到他干活了,他心不在焉,根本没有查看周边的意思。

"您肯定没事吗?"我问他,只是提醒他,他的任务迫在眉睫。"如果您不舒服的话,您愿意我替您查看吗?告诉我哪位是您的老板……"

"没什么需要查看的,"他答道,"我知道今天下午会发生什么,也许已经发生了。"

"发生什么?"

"您瞧,那家伙,对他付了钱保护他的人没有感情。我的老板,我已经跟您说过了,他不知道我的存在,连我叫什么都不知道,这两年里,我对他来说不过是空气而已,有时因为我太殷勤他反而骂我。他下命令,我就去完成。他告诉我何时何地需要我,我依照他指示的时间和地点效命。这就是全部。我在意他是否平安,但我对他没有感情。我不止一次想伤害他,想自己去制造些险情,好释放压力,好让别人有需要我的感觉。没什么大不了的,演点戏给他看,在车库里小揍他一顿,我不值班时叫人打劫他,吓唬吓唬他。我想象那一天的来临,我们要给他来点儿真正厉害的。"

"'我们要给他点儿厉害'。'我们'指谁?"

"我同事和我。或者说,他和我。有可能他已经下手了,但愿吧。要是他得手的话,老板就不会出现在赛马场了,他根本就不会离开家，而是躺在地毯上，或是被塞进汽车后备箱里了。不过，要是老板来看赛马了，就说明我同事没干成。那么从赛马场回去的途中，我同事值班，就轮到我来教训老板了——一段绳子，或是从公路边射一枪。但愿他们别来！我跟您说过，我对他没有感情，可一想到轮到我动手，我就浑身不自在。"

我原以为他是开玩笑，突然意识到他不是会开玩笑的人，他没有开玩笑的能力，这时我想起来，对我那些并不好笑的话他会乐不可支。会开玩笑的人会让不懂玩笑的人感到惊奇，后者为此感激前者。

"我不知道是否明白了您的意思。"我说。

保镖没有一丝羞愧感，继续摸他的络腮胡。他斜眼瞅我，就那么侧目而视地死盯着我。

"您当然明白我的意思，我跟您说得清清楚楚。我再说一遍，我对他没有感情，要是我同事下手了，他们不来了，我会备感轻松。"

"为什么这么做？"

"这说来话长。为了钱？好吧，可也不仅仅为了钱，有时候没有别的法子，您不得不做自己讨厌的事，必须做！如果不做的话会更糟！您从来没碰到这种情形吗？"

"是的，我碰到过，"我说，"不过，我认为没这么严重。"我毫无意义地偷偷朝贵宾席瞅了一眼。"如果一切都是真的，您为什么要跟我说？"

"有什么大不了的？就算明天见了报，您也不会跟任何人讲。您要是把这事抖落出去，那您也会麻烦缠身，搅扰不断。谁喜欢陷进麻烦中呢？还有，您也许还会受到威胁。所有人都认为警察会处理。如果没好处可捞，没人会开口。所以连上帝都不帮警察的忙，任何人都不会说一个字。您也不会说出去，反正今天我不想守着秘密。"

我拿起望远镜，加了倍数大的镜片，再次朝贵宾席看。贵宾席上几乎空无一人，所有人不是在酒吧就是去了马厩。赛事还差几分钟才开始。我的举动毫无意义，因为我不认识他的老板。不过可以找有钱人的脸，如果看到了，没准能猜出来。

"他来了吗？"他看着赛马场，惶惶不安地问我。

"我觉得没来，差不多没有人。您看看。"

"我不看，我情愿等着。等到赛马开始时，等到所有人都进来时再看。到时候您可以告诉我吗？"

"好的，我告诉您。"

我们沉默不语。我又去看他的靴子（那两只脚现在紧紧并在一起），他盯着衬衫的袖扣看，杏粉色的衬衫上烟叶形的袖扣分别在袖子两侧。我突然发现自己希望一个人死了，希望他的老板已经死了。我宁愿事情已然发生了，不需要他去杀死他的老板。我们开始感觉到台阶被坐满了，人群和我们越贴越近，我们不得不站起来守住地盘。

"给您望远镜，"我对他说，"我们说好了您看起跑。"我把望远镜递给他。

保镖动作生硬地接过望远镜，放到眼前，他撞掉我的望远镜时也同样那么莽撞。当马匹即将冲出之际，我看到他把望远镜的镜筒对准马厩。

他又把望远镜对着贵宾席看了几秒钟。我听见他数数。

"1，2，3，4，5，6，7，8，9，10。他没有来。"他说。

"马出来了。"我说。

他重新冲着赛马场看。马匹跑到第一个弯道时，我听到他喊："加油，'卡尔隆特'，加油！超过去！'卡尔隆特'。"

尽管他很兴奋，简直喜出望外，但当马匹跑到最后一个弯道时，他还是没忘了把望远镜递给我。他是细心的男人，没有忘记履行让我欣赏赛马冲刺终点的诺言。我把望远镜贴在眼睛上,看到"卡尔隆特"的半个身体超过了第二名"苍白的心":"卡尔隆特"赢了。那个下午保镖正是投注了这匹马连赢。我呢,不得不再次把自己的投注券撕了扔到地上。

我把望远镜从眼睛上挪开,让我分外诧异的是没有听见他的欢呼。

"您赢了。"我对他说。

他肯定没有追踪赛马的最后一程,对于比赛结果肯定一无所知。他双眼直视贵宾席,根本没用望远镜。他静静的,回过头来却没有朝我看,仿佛我是个陌生人。他把夹克的扣子扣好,满脸乌云,几乎要变形了。

"他们在那儿,已经到了。赛到第五轮时到的,"他说,"抱歉,我得跟他们会合,我要听他的指示。"

他没说别的,没有道别,几秒工夫就在人群中打开了通道。我望着他的背影,他巨大的身形朝着贵宾席的方向远去,边走边摸夹克的一侧,那儿有手枪。他把望远镜留给了我。我把自己的投注券撕了,可他的没撕,他押中了。我把他的投注券收到自己的衣服口袋里,我想他不会想去兑奖。

残缺不全的形象

我不知道是否该把古斯塔伊最近遇到的事讲出来,这是我所知道的唯一一件让他有所顾忌的事,或许唯一一次让他发了善心。好吧,我来讲讲。

古斯塔伊既是誊写员,也是仿制假画的画家。因为辨别赝品的新技术让造假几乎不可能,至少很难糊弄博物馆,所以他能从赚钱多的后一种行当接到的委托越来越少。几个月之前他接到一个私人的委托。一个破产的侄子想偷天换日,把他姨妈收藏的一幅戈雅未竟小帧画弄到手,画作收藏在姨妈临海的宅邸里。侄子没法等到姨妈离世,因为姨妈已经告诉他会把房子遗赠给他并决定把遗产清单中的戈雅画作赠予一名她看着长大的年轻女仆。用侄子的话来说,他姨妈痴呆了。

古斯塔伊准备照着图片和一位专家多年前撰写的报告着手仿画,不过,为了证实进行这样的物物交换是可以操作的,他提出至少能去看一次原画。为了这个目的，那个名叫卡马拉的侄子，尽管极少去探望他的姨妈，却邀请古斯塔伊到海边宅邸度一个周末。独居的姨妈身边只有一名年轻女仆。姨妈给这个几乎还是孩子的女佣买课本和文具：女孩每天上午去拉塞尔维港的学校上课，回姨妈家吃午饭，一天剩余的时间则听候主人差遣。姨妈姓瓦亚布里，不分白天黑夜地耗在电视机前或是没完没了地跟巴塞罗那的几个快入土的女友煲电话粥。与其说她怀念十年前故去的丈夫，不如说她想念夫妻生活，思念一个苍白软弱的男人。尽管那个男人年轻时跟一名女子私奔了，姨妈却对他有种隐隐约约的迷恋。姨妈有一只三条腿的狗。这只狗曾掉入抓兔子的陷阱，在陷阱里折腾了一夜被救出来后，狗被截去了右后腿。当时，周围居民以为它的哀号是一头狼发出的，所以没一个人过去救它。据卡马拉说，他姨妈讲起那只狗的眼神让他回忆起那个迷茫苦闷的男人。"愚蠢至极。"卡马拉补了这句。瓦亚布里姨妈常常带着狗和年少的女仆在海边长时间漫步，三个形象都不完整，女仆尚是女孩儿，狗有伤残，姨妈则是因她既真实又虚假的寡妇状态。

尽管古斯塔伊扎着小辫儿，留着长长的络腮胡，穿着带鞋衬的皮鞋（这是被误解的摩登，在都会之外的地方受到指责），他还是受到十分周到的款待——把小姑娘打发去干活后，姨妈直截了当地对他调情。晚饭后，姨妈带古斯塔伊和侄子卡马拉欣赏挂在自己卧室里的戈雅画作。玛利亚·特蕾莎·德·瓦亚布里夫人跟她镇定自若的远房后辈毫无相似之处。"能画出来吗？"卡马拉低声问古斯塔伊。"我明天告诉你。"古斯塔伊说。然后古斯塔伊提高声调说："是幅好画，遗憾的是背景没画完。"虽然光线不太好，但古斯塔伊用心观赏。投射到床上的光线更多。"这张床恐怕有十年没人沾过。"古斯塔伊想。"或许不止十年。"古斯塔伊老琢磨床所容纳的东西。

那天夜里下了暴雨，古斯塔伊在自己住的二楼听到瘸腿狗狂吠。他想到了那个陷阱，但这次犬吠不该是由陷阱引起的，而应该是雷电。古斯塔伊走到窗边，看看那狗是否在视野中。古斯塔伊看到了狗。那狗在落雨的海边——雨滴噼里啪啦敲打在起伏不定的海面上。那只止步不前的狗如同一个三脚架，闪电划出之字形时，引来犬吠，狗仿佛在等待闪电。古斯塔伊想，或许它困在陷阱里的那个夜晚也有暴雨，所以它从此就不惧怕闪电了。刚想到这里，他的视线中出现了奔跑着的小女仆，她穿着睡袍，手里拿着一根要拴住狗或试图拉着狗的狗链。古斯塔伊看到她在挣扎,裹着湿漉漉衣服的胴体一览无余。古斯塔伊听到在二楼窗户下方传来声嘶力竭的声音:"你去找死吧,找死去吧!""这个家里还没人睡觉。"古斯塔伊想。"或许就卡马拉一个人睡了。"古斯塔伊一声不响地打开窗子,因为不想被别人看见,他只微微探出点头。古斯塔伊感到雨水重重地打在后脖颈上,而他从楼上看到的是一把黑伞的伞盖,瓦亚布里夫人急迫地想让属于她的那些不完整的身形回家,是她的声音,那是她的胳膊,她光溜溜的手臂时不时地从伞下露出来,显得怒火冲天,仿佛想吸引或抓住争辩着的动物或小姑娘,那只腿脚不便的狗不管是跑或逃都不利索,继续冲着刺入它视线的闪电狂吠,那目光与柔弱丈夫的截然相反。那姑娘很快就该发育好了——她的肉体比穿着衣服时看上去成熟。古斯塔伊自问姨妈究竟担心谁死,用不了多久就会知道的。当小姑娘拖着那只狗终于回到家门口时,三个身影都消失了:先是消失在穹顶般的雨伞下,然后消失在屋里。古斯塔伊关上窗,接着在屋里仅仅听到两句话,并且都是姨妈说的,那女孩该是一言未发。姨妈先说:"这个活宝。"然后说:"姑娘,把湿衣服脱了,赶紧上床吧。"听着上楼梯疲惫的脚步声,古斯塔伊重新躺下。随着唯一一道门被关闭，门发出的最后声响消失后，古斯塔伊在静默中问自己，戈雅保护的那张床应该无人碰触，但自己是不是弄错了？他没有追问太多，却决定第二天早晨要冒犯一下：关于他不得不给卡马拉的造假可能性的答复，他会告诉卡马拉那画不值得仿。他的心被将要继承戈雅画作的女孩降服了。古斯塔伊要跟卡马拉说："咱们别提这事了。"

肉欲横流的星期天

我们入住在圣塞巴斯蒂安的伦敦酒店。抵达这座城市后的头二十四个小时我们没有迈出过房间大门，只是从露台探身张望，眺望贝壳海滩，人山人海让原本的美景大打折扣。唯有人影疏落，美景可赏才令人愉悦。而此刻，就算用望远镜也没办法把视线固定在某个人身上，壅积在一起的肉体消解了差别，每个身体都一模一样。我们曾计划某个周日去拉萨尔特看赛马。八月在圣塞巴斯蒂安没太多事可做，而且我们要在这个城市待三个星期。三星期假期却轮到四个星期天，因为抵达的第二天就是星期天，而我们要在一个星期一离开。

和我夫人露易莎比起来，我探头朝外看的时间更多。我手里一直攥着望远镜，确切地说，为了不让望远镜从手里滑落，我把它挂在了脖子上，这样也不会从露台掉到地面而摔成碎片。我试图让自己的目光固定在海滩的某个人身上。我试图选择某个人，可沙滩上的人实在太多了，没法忠实于谁。我用放大镜筒环视了一圈，映入我眼帘的有成百个孩子、十来个胖子、数十个姑娘（没有一个是敞胸露怀的，这在圣塞巴斯蒂安还不常见）。我看到年轻的、成熟的和年老的肉体，以及还不能称之为肉体的孩子的肉体，最配得上这个叫法的则是母亲的肉体，因为已经生育过。很快我就看厌了，于是回到床上，露易莎蜷缩着正休息，我亲吻她。然后我再回到露台，重新拿起望远镜朝海滩望。也许是我无聊，所以，当看到在自己右侧隔着两间客房有个人拿着望远镜、朝某个有趣的目标保持不动时，就有点儿嫉妒。他看了好一会儿也不放下望远镜，看的时候手里的望远镜一动不动：他把望远镜举在高处，两分钟内保持不动，然后让胳膊休息片刻；始终保持同样的姿势，视线一丁点儿都不偏离。他的身体没有探出去，相反，他是从房间里向外观察，所以我仅能看到他布满汗毛的手臂，他就是从那儿，应该正好从那儿瞭望，我怀揣嫉妒自问着。我期望自己的视线固定在某处，只有固定下来才能真正休息并且将兴趣点放在观赏处。我一刻不停地扫视肉体，那堆没有个性色彩的肉体，要是露易莎和我最后走出房间而且走到低处海滩的话（我们正估算着天再放晴些所需要的时间,估计要等到吃饭时了),我们将和那些从一段距离以外看上去一模一样的肉体融为一片,本来能被辨识出的我们的身体定会消失在沙滩、海水和泳衣中,尤其会被泳衣渲染出的单调性席卷。我右侧的男人一定不会盯着我们,从上面眺望的人没有一个会看到我们。如同我和他所做的,一旦我们成为这幅叫人不愉悦的画面的一部分时,他大概会注视我们。也许正因为如此,为了不遭窥视、不成为焦点也不被辨认出来,消夏的人喜欢裸露少许身体,在沙和水中与其他半裸的人混成一片。

我努力推断朝哪个位置看就能让自己的目光和那个男子的锁定处相吻合。圈出一块挺大的范围后,我的目光不再胡乱扫视一切,而是集中在某些兴趣点上,这种方式让我至少能复制他的视野或是尽力破解他的视线,把出现在我眼前的大部分画面,也就是海滩给排除掉。

"你在看什么?"床上的妻子问我。酷热难耐,她在前额搭了一条湿毛巾,差不多把眼睛都盖住了,什么都提不起她的兴致。

"我还不知道,"我说,但没有回头,"我正努力找到旁边房间里的那个男人正在看的东西。"

"为什么？能给你带来什么好处吗？别太好奇了。"

其实，对我来说无所谓，不过是暑天里消磨时间而已，如果不是这样的话，便感觉不到这是一个必定漫长且毫无目标的季节。

根据我的推断和观察，我右边的那个人必定正在看四个人中的一个。那四个人挨得很近，远离海水排成了一排。他们的右侧被挖出一个小坑，他们的左边也是，这一点让我想到他在看四个人中的一个。第一个（像图片那样，从左往右数）的脸冲着我或者我们，因为阳光照到她背部：这是个依旧年轻的女子，她正在读一份报纸，比基尼的上半身敞开，但没脱下来（在圣塞巴斯蒂安，大家认为脱下来是有伤风俗的）。第二个姑娘坐着，一个上点儿年纪的女子，最胖的一个，穿着一体式泳衣，戴着遮阳草帽，在涂抹防晒油。她大概是位母亲，可孩子们把她扔在那儿不管，或许孩子们在岸边玩耍。第三个目标是一名男子，也许是丈夫或者兄弟。他最瘦，任性地抖着放在毛巾上的那只脚，仿佛刚从海水里出来（之所以说任性，是因为海水不可能是冰凉的）。第四个目标最容易辨认，因为那人穿着外衣，至少上身穿着——是名上年纪的男子，背对我们坐着，仿佛正在观察或监视海滩上或前面几排的某个人，海滩如同剧院。我的目光停在他身上：毫无疑问他是独自一人，和他左边那位假装抖脚的男人没关系。他穿一件绿色短袖T恤，无法看出下面是穿着泳裤还是裤子。要是穿着裤子的话，在那种地方显然不合适，但如果穿的话就可能引起注意。他挠后背，挠腰部。他虎背熊腰，背部所造成的压力应该不小，他是起身时相当费劲的那类人。为了站起来他必须把手臂前伸，十指张开好像有人要扯他手指似的。他缓缓地挠后背，就像呈现出来的那样。我无法证实他能否靠自己艰难地站起身，也无法证实他是否穿了裤子或泳裤，但确实知道他是隔壁客人的目标，因为当我的望远镜锁定在他厚实的腰部和宽宽的后背时，一瞬间看到了他如何倒下，那么坐着就冲前面摔下去，如同被一只手操纵的木偶，手放弃了木偶，木偶轰然坍塌。我听到被消音的闷声一击后，还有时间看到从我右边露台消失的已不是隔壁客人拿着望远镜的手臂，而是他的胳膊和枪筒。尽管那个抖脚的人瘫在那儿，无声无息，我相信并没有人发现什么。

我曾活着

我常假装相信幽灵的存在，并且假装是满心欢喜地相信。如今我是幽灵中一员，我明白了为什么传统上亡故者代表了悲痛，也明白为什么人死之后决意要回到熟识的地方。归返是真的。幽灵或者说我们（离世者）极少被觉察。我们住过的家变了样，家里的房客根本不知道我们曾经存在过，甚至想象不到。那些男人、女人如孩子般，他们相信世界始自他们降生之时，他们没有问过自己踩过的地面是否在其他时间踏上过另外一些更轻盈或怀有恶意的脚步，没有问过环绕着他们的墙壁里是否有其他人的低语或笑声，没有问过是否传来高声念信或者心上人的脖子被掐住的声音。属于被生者抹除的空间和时间是荒谬的。事实上，时间存放在空间里，可时间无声，什么都不说。对生者而言，这大概挺荒唐，因为所出现的与之相反，我们却对此缺乏娱乐精神。也就是说，现在（在阴间）时间不会变成过去，它不流走也不消逝，而是永存，包括所有细节，说成现在也许是说谎。细节并非最折磨人的，因为我们在世时的相，在我们死后几乎不曾打动我们，眼下却和所有对我们有意义和有分量的可怖因素一同呈现：那些随随便便说出来的话和机械式的表情，那些堆积起来的童年午后时光现在一帧接一帧地单独呈现。穷尽一生，努力适应了白天黑夜周而复始的规律，结果却是徒劳。我们幽灵以生者全然不了解的状态，无比清晰地回想每一个白昼与黑夜，那些时光闪烁出的数不清的特别之处还表现出一种不连贯的真实度。一切都具体详实甚至琐碎到泛滥，承受重复的利刃如同受刑。因为回忆全部是惩罚，要回忆在世每一天的每个小时的分分秒秒，既有百无聊赖和快乐的时光，有工作和学习的时光，也有痛苦和落魄的时光，要回忆梦境，还要回忆最最漫长的等候时间。

不过，我已经说过细节并非最糟糕的，还有更折磨我的。如今，我除了记得亡故前的所见、所闻和所知，而且记得完完整整，就是说，死前我没看见的、没听到的和在我能力范围之外的事物也知道，这些事影响了我或是那些我在乎甚至塑造了我的人。人们现在发现随着岁月推移，人越成熟，其直觉所感受到的就越多，因为我没有活到很老，所以我不能说老和直觉间有这样的契合度。人们对发生在自己身上的事情仅仅了解一部分而已。等到某一天一个人觉得可以诠释或讲述过往之事时，发现还是缺少许多材料，缺少能够阐述出来的其他意图和促成原因，缺少事情未揭示的部分。我们看到和自己关系最亲密的人出现，他们仿佛是突然从幕后走到舞台中现身的演员，当他们不在我们面前时，我们对他们现身前一秒的所作所为一无所知。也许他们扮成奥赛罗或哈姆雷特出场，而前一刻他们在舞台两侧的布景后抽着滞销的烟卷，不耐烦地看表，卸了妆的他们看上去就像其他人。我们也不知道未曾亲历的事实，没有听到的对话，背着我们举办的活动，以及对我们的提及或非议，对我们的评判与判决。生活是仁慈的，所有的生命皆如此或者说这是常规，于是我们认为不遮掩、不隐藏也不撒谎的人，把所闻、所做、所想和所知如实告知的人都心地恶毒。我们说他们残忍。如今我就处于这种残忍状态。

比如，我看到还是个小男孩的自己即将入睡，曾在自己床上度过那么多个单调乏味且无惊恐可言的夜晚。房门虚掩，为的是在我被困意吞噬之前能看到亮光。昏昏沉沉的我能听到父母亲和某个受邀者的谈话，他们正吃着晚饭或用甜点，受邀者几乎总是阿兰斯医生。这位吐字不清的先生脸上总挂着微笑，惹人喜欢。我喜欢他正好在我快睡着前来到我房间，看看我怎么样，这几乎算得上一种日日受宠的特权。医生的手隔着我的睡衣抚摸我，让我安静下来，那只温柔的手，它的爱抚无法复制，在我们以后的生命长河中那只手不知道如何触摸。忧心忡忡的小男孩能感受到那只手将捕捉到任何异常或险况并能阻止它们蔓延，那只手能化解险情。从医生耳际垂落下来的听诊器听筒给孩子紧张的胸部带来健康冰凉的感触。有时刻着姓氏首字母的银勺勺面会压住孩子的舌部，有片刻工夫勺柄像是刺在我们的喉咙。好在感受到第一次触压后，想到手持银勺的是阿兰斯，孩子就不紧张了。金属物件被医生牢牢握在手中，他听诊或是用手电筒看咽喉时，自然什么事都不会发生。阿兰斯迅速探访时，会开两三个玩笑，轻而易举就能把我逗乐。有时候他给我听诊时，母亲倚在门框处等他，她听了也觉得好玩，这样我就更安心了。当我听到他们在旁边的客厅里聊天，或是听到他们听了会儿收音机或玩了会儿牌时，我便打起瞌睡。这段时间几乎凝滞不动，这么说仿佛虚假，尽管从彼时到现在我已历经生死，但并不是很久以前发生的事。虽然那时我没有看到他们,但能听到依旧年轻的他们的笑声。现在我的确看得见他们。笑得最少的是我父亲,他寡言少语,眼里总流露着一丝淡淡的忧伤,或许因为他曾是共和派人士,而共和派输掉了战争。那是对抗同胞和邻人的战争,属于战败方的人大概很难从这种经历中恢复过来。父亲十分和气,从没在我和母亲跟前抱怨过。大部分时间他都待在家里,要么写文章和书评,要么阅读。他发表在报上的文章大多署假名,真名最好不用。他是亲法派,我记得他读得最多的是加缪和西默农的小说。最爱说笑的是阿兰斯医生,这个口齿不清的男人爱对别人冷嘲热讽,特别会说俏皮话,逗人乐的点子层出不穷。这类男人是孩子眼中的偶像,因为他们会用手里的牌玩把戏,能说出带韵脚的意想不到的俏皮话把孩子逗乐。他还跟孩子们聊足球,聊那个时代的足球球星,诸如高帕、里亚尔、迪斯蒂法、普斯卡什和亨托①,他会突然想出能吸引孩子的事,想出能唤醒他们想象力的游戏。而事实上,他从来都没特意留出时间真

---

① 高帕指 Raymond Kopa,里亚尔指 Hector Rial,迪斯蒂法指 Alfredo Di Stéfano,普斯卡什指 Ferenc Puskas,亨托指 Francisco Gento。

心真意地跟孩子们玩游戏。我母亲总是穿戴体面有品位，比父亲穿得光鲜。尽管一名战争落败者的家庭未必有钱（其实父母手头拮据），可我的外祖父——母亲的父亲让自己的女儿打扮。娇小玲珑、巧笑倩兮的母亲有时感伤地注视着丈夫，但看着我的时候她总是喜不自胜。随着我渐渐长大，也就是在后来的日子里，这样的目光不多见了。我现在看到了一切，并且没有死角，什么都看到了。我看到当自己沉入梦乡之际，从客厅传出的笑声从来都不是我父亲的，属于他并且仅仅归他所有的是听收音机，在并不很久之前这还是不可能的情形，而现在却如同我在世时渐渐浓缩且模糊不清的旧时印痕那么清晰，越是看得多就越模糊。我看到有些晚上阿兰斯医生和我母亲一起出门，现在我明白了为什么他老是提及好座位的门票。那时在想象中我总是看到被体育场或斗牛场的检票员撕过的入场券，而我不去这些地方，除了入场券我不问任何其他事情。另外一些夜晚，没有好门票或不聊门票，或者因为下雨不能外出散步或参加聚会，现在我知道，当阿兰斯医生确信被他双手抚摸过上半身的我睡着后，我母亲跟他去卧室，要触摸母亲的照旧是阿兰斯医生的那双手，更温存也更急促。医生的手让人安静，那双手抚摸、劝服也提要求；吻过我脸颊或额头的医生的双唇也要亲吻母亲——肯定能让她不出声。这个口齿不清、举止轻浮的男人。不管母亲和阿兰斯医生去剧院还是电影院，参加聚会或是两人单独待在隔壁房间，父亲总是听着收音机等待，这样就听不到任何其他声音了。可过了一段日子，一段有规律的日子以后——当没有区别的夜晚硬要被重复，因为医生老是来家里消遣三十到四十五分钟（医生们总是来去匆匆），父亲最终会沉浸在收音机播放的节目中。医生不告而别以后，母亲不会从卧房里出来，她留在房里等父亲，穿着睡袍的母亲换了干净的床单，而父亲从未见过身着漂亮裙子和长丝袜的母亲。现在我目睹造成这状况的对话，对我而言，那不是残忍而是我有生之日一直延续的仁慈。讲话的阿兰斯医生蓄着短须，由短须我窥见了佛朗哥离世前的议会议员和高层官员，除了他们还有军方人士、公证员、银行家、教授、作家以及许许多多的医生，但阿兰斯医生提前剃掉了胡须。我父亲和母亲坐在餐厅里，我尚无意识，也没有记忆，是个还不会走路、不会讲话的小男孩，待在自己的摇篮里，当然没有知晓一切的理由。她（母亲）一直低头朝下看，一言不发；他（父亲）目光中先流露出怀疑的神色，接着是惊恐，与其说还有愤怒，不如说是惊恐和惧怕。阿兰斯医生说过这样一件事。

"莱昂，你听我说，我给警察提供很多报告，所有的报告都物有所值，从没出过差错。我虽然费了些工夫才找到你，但对你在战争中的所作所为一清二楚。由于你厌倦了给民兵通风报信，敌人就把他们带出去散步（杀害了）。即便你没干过这些破事，有关你的报告我也用不着编什么，稍微加点儿油添点儿醋就行，说一半的邻居都让你弄到防御工事护壕中间的排水沟里枪毙了，肯定跟实际情形差不多。要是可能的话，你早把我也调派过去了。事情过去十多年了，但我说出去的话，准保把你枪毙了。你来告诉我你想怎么办吧？受点委屈接受我的条件，无论好还是不好抑或不好不坏，让一切都过去。"

"什么样的条件呢？"

我看到阿兰斯医生的脑袋朝默不作声的母亲示意——露出一种把她据为己有的表情。战争之前、战争期间以及失去许多邻人的那次转移中见过她。

"把她给我，她和我共度良宵，直到我厌倦了为止。"

如果在时间之流中随波逐流，我们会和所有人一样终将对一切产生倦怠，阿兰斯医生也不例外。他厌倦了时，厌倦这个词还不是我那个年龄能明白的，连意思也想象不出来。相反，当母亲到了开始憔悴，开始不苟言笑的年龄，父亲则步入了他的黄金岁月，穿着体面，浑浊的眼中没有一丝忧郁。父亲开始发表署名文章和评论，署的名字可不是莱昂。父亲开始有好座次的入场券，晚上出门消遣。母亲却独自留在家里，要么听收音机，要么看电视。尽管这样的情形不多，母亲倒更开心了。

对在阴间或亡故以后，意识的延续进行如此绵密的思索——如果我们亡人就这么做的话，意识本身其实没有察觉危险所在。与其说是危险，不如说是惧怕，去记起一切甚或想起我们原本不曾知道的，就是百分之百知道全部，这多拖累我们或者让我们多恐惧啊！即便仅仅是距离所有的细枝末节太近。我能无比清晰地看到那些仅在街头偶遇过一次的脸孔：一名乞讨的男子，我给他扔过一点儿钱却没看他；我观察过的一位在地铁站徘徊的女子，生前我未曾再次记起过她；给我送过一封无关紧要的电报的邮差的相貌；当我是孩子时，在海滩上注视过的一个小女孩的样子。那些漫长的时光循环往复：我在机场候机、在博物馆排队或在遥远的海滩注视潮水，或是整理好行李后又打开行李，那些最令人讨厌、从来都不重要并且习惯上被称为死气沉沉的时间。我看到许久以前去过的城市，曾一连数小时在那城市的大道上漫步，过后这些时光被从记忆中抹去。我看到自己在汉堡，在曼彻斯特，在巴西利亚还有在奥斯陆，如果不是因公事差遣，我不会去这些地方。我也看到好多年前跟妻子露易莎蜜月旅行去过的威尼斯，我和她在宁静喜悦中度过了最后几年，离我亡故时间最近的有生之年，尽管也相隔甚远。我出差回来，露易莎总来机场接我，在我们共同生活的岁月里她次次都来接我，一次没落，即便我只是出门在外两天，她也来接。舟车辗转令人劳顿，而且是因那些可有可无、特别磨人的公事。（回到家）我常常累得只有拿遥控器更换电视频道的力气，我们国家的电视近乎一样。露易莎会给我准备点儿晚饭，她虽然满脸无聊的神态但不失耐心地陪我，她很清楚我只需在紧接着到来的夜晚沉睡休息便能恢复过来，转天又会变成那个一如既往的男人——活力四射，爱开玩笑，说话时稍微有点儿咬字不清。那其实是种精心研究过的方式，能把所有女人都喜欢的揶揄语气凸显出来。女人的血液中流淌着哈哈笑，就算对讨厌开玩笑的女人来说，只要玩笑有意思，她们就没法不笑。第二天下午，已经休息好，恢复如初的我通常会去看我的情人玛利亚，和她在一起我有说不尽的俏皮话，所以她笑得异常放肆。

做这事我一直特别小心，不暴露自己的身份并且不让自己受到伤害。和玛利亚在一起时，为了不被任何人碰到，我只去她家里见她，这样不会被任何人问及，或者会被介绍给别人，对于这种事情，当着面会忍住不说，背后会传闲话。她家在我家附近。许多个下午，但不是每个下午，回自己家前我先去她家，我拖延回家时间，也就拖半个小时或四十五分钟，有时更久一些。有时候，我透过她家的窗子朝外看，找点儿乐子，情人家的窗能带来自己家的窗从来都带不来的乐趣。我一次错都没犯过。要是在这些问题上犯错，那么皆因考虑不周；或者更糟糕的是源于卑鄙。有一次，我和露易莎在一家人挤人的影院看一部电影首映时碰到了玛利亚，我的情人趁乱靠近我们。从我身边经过时，她虽然没看我，但抓住我的手，轻抚它。她攥了一下我的手又放下，用我的手去蹭我再熟悉不过的她的大腿。露易莎永远不会看到那次温柔私密又病态的碰触，也不会觉察到更不会产生一丝怀疑。即便如此，我还是决定在接下来的几周不见玛利亚了。那几周过后，我决定不接她打到办公室的电话。有天下午，她把电话打到家里，幸亏我夫人不在家。

"你怎么了？"她问我。

"你永远都不该往我家里打电话找我，这点你早该明白。"

"你要是接了我打到你办公室的电话，我就不会往你家里打。我等了十五天。"她说。

于是，我努力回答她来平复十五天前引发的愤怒。

"露易莎在跟前时你要是再碰我的话，我就永远不接你的电话。门都没有。"

她一个字都没说。

活着时几乎遗忘了一切，在死后或是变成厉鬼的惨况中，往事却历历在目。不过，在有生之年，我遗忘并再次日复一日地凝望生活。我们始终相信明天总会来临，它有可能阻挡今天和昨天，不让时光继续流逝，却于不知不觉中变成另一种周而复始，并以它的方式让我们的白昼和黑夜没有差别，直到时光的构成元素都消解了，最终不能产生时光；夜晚和白昼至少在本质上必须一样，没有舍弃，也无所谓牺牲，谁会喜欢这些，谁愿意承受这些。眼下我记起了一切，所以我清清楚楚地记得自己的死亡，也就是说，当死亡出现时我对它的认识，如果跟我如今拥有的见识及周而复始这把利刃相比，我对死亡的认知实在太少，简直微不足道。

当我从最疲惫的一次旅行归来时，露易莎如期而至地来接我。在车里我们没怎么说话。当我机械式地打开行李箱，查看积压数日的邮件，听出差期间的电话录音留言时，我们也没聊什么。其中的一个留言令我惊慌不已，因为我一下子就听出了玛利亚的声音，她说了一次我的名字，然后就挂断了电话，听完我马上就不怎么紧张了。一个女人叫我名字又旋即挂断的声音，这没有任何意义，即便露易莎听到了她的声音，也不会引起不安。我躺在床上看电视节目，露易莎给我拿来从商店里买的加鸡蛋皮的冷餐肉，她一定是连给我准备个土豆饼的心情或时间也没有。时间还早，可露易莎给我关了房间的灯要我睡觉，我就这样平静地待着，昏昏沉沉，模模糊糊地记得她的轻抚，她那只使人安静下来的手漫不经心，甚至触摸胸部时显得颇不耐烦。然后，她离开卧室。有挺长工夫，我不再换台，最终在那些影像的陪伴中睡熟了。

不知道过了多长时间以后我醒了，也许这么说是假话，因为现在我对一切都了如指掌。七十三分钟的沉睡，梦境的发生地是异国，我从那里再次平安归返。我看到开着的电视发出幽幽的蓝光，照亮床脚的光线比屏幕上任何形象都刺眼，我没有时间观察这些。我看到并且曾看见一块黑乎乎、分量挺沉的钝器疾速从我前额掠过，毫无疑问，是冰冷的东西，好像听诊器。不过，它对健康无益而且制造暴力。那个物体砸下一次后又升了回去，血已然四溅开。在它重新袭来前的十几秒里，我想到的是那通仅仅说了我名字就挂断的电话引发露易莎对我的杀机，或许电话里说出的事情要多得多，但露易莎全部听完后就抹掉了，让我到家后只听了开头，而那不过是杀我的通知罢了。钝器再次疾速袭来，这次我成了刀下鬼。我最后的生命意识让我不要抗拒，不要试图让她停手，因为她停不下来；或许我觉得死在曾与之共同平静愉快生活过的人的手中不算坏。语言难以表述，还会造成误会，但可能我最终认为露易莎是公正的女人。

现在我看到这些而且看得完完整整，看到我死亡之前和之后。尽管从严格意义上说，死后我就不牵涉在内，所以后果并不特别痛苦。但是，死前的确痛苦万分，隐约看到大限将至而拒不接受，在凶器落下升起之际，当那黑色钝器第二次砸过来将我了断前自己的思前想后，确实痛苦万分。现在我看到露易莎正跟一个我不认识的男子说话，他像从前的阿兰斯医生一样也蓄着胡子，但不是短短的而是浓密细软还夹杂着些白胡须。那是名中年男子,跟我年龄相仿,或许也是露易莎的年龄,我一直以同样的方式把她当小姑娘看待,但从来不可能以这种方式看待我父母和阿兰斯。他们待在一所我不认识的房子的客厅里,是阿兰斯的家,里面杂乱不堪,到处都是书、画和装饰品,一个虚假做作的家。那个男人叫马诺罗·莱伊纳①,因为特别有钱,他从来用不着弄脏自己的手。露易莎和他坐在一张沙发上絮絮低语。那是下午,那会儿我正在造访玛利亚,是我死前的两周,我出差回来前的两周,旅行还在准备阶段,尚未开始。那些低语如今清晰可辨,这种真实度并不是跟变成鬼的我所不了解的触感不相配,而是和生活本身没有匹配度,生活中的一切无比鲜活,呈现出从未有过的具体。可是,有一会儿露易莎提高了嗓门,是那种为自己或替别人辩解的大嗓门,她说:"可他一直对我很好,他没有一点能让我指责的地方,这太难了。"

马诺罗·莱伊纳拖腔拖调地答道:"如果他让你的生活变得不可能,那就容易多了,而且你也不会这么纠结。置一个人于死地时根本不用在乎他做过什么,无论是什么,所有的

---

① 西班牙有位著名的弗拉门戈舞表演者也叫马诺罗·莱伊纳。

顾忌都显得画蛇添足。"

我看到露易莎轻轻咬着附在唇边的食指，她犹豫不决时，或者更确切地说，在她决定做某件事之前，就是这副样子，我见过许多次，是种浅薄的表情。当我们不参与谈话时，她出现这种神情显得血腥，他俩在背后谈及、评判或非议我们，甚至替我们说话，也会给我们判死刑。

"要是你不想我去画蛇添足的话，你杀了他好了。"

现在，我也看到那个坐在开着的电视机旁拿着黑色物体的人不是露易莎，也不是用马诺罗·莱伊纳这名字的人，而是花钱雇来的杀手，此人冲我前额猛捣两次，是杀手，如同战争中雇用的民兵。杀我的人猛戳了我两次，攻击时相当淡定，我不觉得这种死法是正义的，也不合适，当然毫无仁慈可言，如同生活中常常呈现出来的，也正是我自己的生活样貌。黑色钝器是一把带木柄的铁锤，一把普普通通的锤子。是我们家那把锤子，我认出来了。

人世间寒来暑往，已过去许多时日，我认识的或是接触过的人，让我痛苦过或是我爱过的人都不在了。我觉得他们中的每一位，在未被觉察时将再次回到那个聚积遗忘光阴的空间，在那儿能见到的不外乎奇奇怪怪的人，陌生的男男女女,他们跟孩子一样,认为世界始于他们降生之时。对他们而言,询问已抹去的我们过去的存在没有丝毫意义。现在,露易莎将回忆起并将知道她不曾了解的我的生与死。现在,我不能日日夜夜地说话,一切都没有差别,无需任何努力和重复,我可以说我更加了解平静与愉悦:我活着已是许久以前的事,时间依旧在红尘中流淌。

诸恶归返

致不愿成为虚构角色的夜班医生

今天我收到一封信，让我记起了一个朋友。信是一位陌生女子写来的，提及我和我的一位友人。

我和这位友人结识在十五六年以前。两年前，因他故去而非其他原因，我们之间的来往中止了。他住在巴黎，我住在马德里，因此我们的见面并不频繁。我对他所在城市的造访频次合情合理，他却极少来我这儿。不过，我们相识的地方既非巴黎也非马德里，而是巴塞罗那。我们第一次见面前，我读过他的一部作品，那是当时我担任顾问的一家马德里出版社寄给我的（和通常情况一样，报酬相当低）。那部小说或者他期望成为的作品几乎没有可发表性，内容我基本忘得一干二净：有杜撰出来的口头语，节奏感很强且文风高深（作者会用"残骸"这个词），其他的则不知所云，也许是我理解不了；要是评论家的话，大概会说他是乔伊斯加强版的后继者，但与难以比肩的晚近的乔伊斯相比，少了许多童稚和沧桑感。即便如此，我还是推荐了他的作品并在一份看稿意见中表达了一定的赞赏。正源于此，他的经纪人给我打电话（他志在成为作家，虽未发表过作品，却有经纪人），想在他经巴塞罗那处理代理事务时约我见面，那是十五六年前，他和我的家都在巴塞罗那。

他叫夏维尔·科梅亚，我总是怀疑他曾时不时提过的夫妻档家族生意可能就是巴塞罗那与其同名的高端针织服装连锁店。我从他文字所呈现的奇葩风格，推测会见到一位胡子拉碴、不修边幅的人或是波利尼西亚装束、戴金属饰物的开悟者，但他根本不是这种样貌。从我们约好的迪维达沃地铁口走出一位二十八九岁的男士，比我大不了几岁，穿戴十分体面（我是中规中矩的人，他则打着领带，系得还是极窄的结；衬衫袖口卡着袖扣，就我们的年龄和所在年代来说，这些都很罕见）。他有张出土文物似的脸，仿佛和他笔下的文学作品一样出自两次世界大战之间的年代。他略微鬈曲的乱蓬蓬的头发梳成后掠式，这样像歼击机驾驶员或是黑白片里的法国男演员，就是年轻时的杰拉·菲利普或让·马莱。他琥珀色的眼睛，左眼眼白上有块深色的斑，这让他的目光看上去犹如受了伤。硬撅撅的下巴似乎总是绷得很紧，一口健康的牙齿令人赏心悦目。亮堂堂的前额让他的脑壳一览无余，是那种好像随时会爆裂的脑袋，和大小无关，其实他的脑袋倒是不大不小的，有两根纵向的蓝色静脉隆起得分外显眼，前额的皮肤似乎要被骨头撑破。他外形俊朗，待人和蔼，与其年龄和极粗鄙的时代相比，他特别有教养。他是那样一种人，在打交道之前估摸着不会产生信任；结果却相反，交往之后会相信他们。他有显而易辨的外国人的容貌特征或异国情调，岁月印刻在他身上的桀骜不驯分外突出，毫无疑问，是因为他去国的七八年时间。他说西班牙语时带着几乎不太说加泰罗尼亚语的加泰罗尼亚人的悦人口音（c 和 z，g 和 j 发得很轻）。说话前稍许有点儿犹豫，仿佛他不得不先把每句话的头三四个词在脑子里草草翻译一下。他通晓好几门语言并且阅读这些语言的书籍，包括拉丁文。事实上，他告诉我，在从巴黎来的飞机上他读的是古罗马诗人奥维德的《哀歌》。他讲述时并没有卖弄的意味，而表现出颇费了些心力后有所收获引发的心满意足。他有点儿俗气且喜欢这一点，还乐于外人发现他的俗气。我们在附近一家旅店的酒吧里长谈，谈论了太多关于文学、绘画和音乐方面的内容，也就是说，谈后容易遗忘的内容。不过，他也跟我聊了点儿私生活，不管是在那次会面还是后来一些年里的见面，他讲起自己的私生活总是矛盾重重，既谨小慎微又不管不顾。他道出了所有或者差不多所有，或是那些能触碰到的事，却因一种郑重其事的坦然从某种意义上减弱了他自己的重要性，犹如不对任何诡异森冷、哀艳悲烈的事大惊小怪的人：认为天下没什么出格的，没什么与众人相左；跟聆听他必然会惊骇不已的人也不一样。他并不因此就缺少自信的神情，也许是这位饱经沧桑的男人的表情库的一部分，因为他确实清楚那无法讲述的开端，或者说开端就是那样。第一次见面时他告诉我他本来学医但从未行过医，他致力于文学，完全靠大笔遗产和家族产业红利生活，这笔财富可能是一位从事纺织业的祖父留下的，我已经不怎么记得。幸亏这笔财富，他得以逃离对他来说智性生活凡庸乏味的巴塞罗那（由于他母亲是马德里人，他出生在马德里，但在巴塞罗那长大），那是年少的他迁居巴黎前仅仅从报刊上管窥到的巴塞罗那。钱财让他得以在巴黎安居了七八年。他在巴黎和一个叫艾丽娜的女人（他总是那么叫她，我从没听他说过"我夫人"）在一起。他说，在他见过的所有人中，她对色彩的品位最美雅（尽管我没有问，但我觉得从这种情形推测该是画家）。他有一个雄心勃勃的宏大的文学计划，他精确地指出已经完成百分之二十了，虽然一个字都没发表。撇开他的助手不提，我是第一个对他的作品感兴趣的人。他涉足的体裁不仅有小说，还有散文、十四行诗、戏剧甚至还有一部木偶剧。显而易见，他颇相信我的评价在出版界有相当大的影响力，却不知道我的看法不过是众多意见中的一种，我因为年轻，算不上最权威的。他给我的印象是非常幸福，或者惯常理解为他似乎特别爱自己的妻子。要是说出来没什么不妥的话，要指出的是他去巴黎定居时，我们西班牙刚刚结束佛朗哥的统治。他不必工作也无需承担任何他不想承担的义务，也许他的社交生活愉悦有趣。然而，在我们第一次会面时他就有种说不清道不明的不安，仿佛他内心藏着痛苦的云团，或许是渐渐积淀的尘埃，过后抖一抖就留在身后了。当他谈到自己把许多心力投入到写作中，谈到我所读到的每一页文字都花了他数不清的时间时，我觉得这只能说明一个如他一般陈腐的概念，即写作就该凄苦，就该盼求一种不可或缺的苦痛，为了得到能传递某些激荡情绪但不把涵义展现出来的词汇，如同无实际形象的音乐或色彩所传递的抑或是数学该达到的效果。我也问了他最容易记住的其中一页是否也花了许多时间。那一页仅出现过一次，每行出现五次"上马"的现在进行时，就是这样："正在上马正在上马正在上马正在上马正在上马"，铺满了一整页。他单纯的双眼惊诧不已地瞧我，旋即笑出声来。"没有，"他回答道，"那一页当然没花我太多时间。你应该明白是怎么回事。"他以一种出乎意料的简单补充道，然后又笑开了。

他对玩笑，也就是小小的打趣的反应总是慢半拍，特别是我们交往增加后，有时候我为了活跃一下紧绷的气氛插科打诨，他的反应也一样慢。仿佛出现最初的变化时，他不明白其中蕴含的嘲讽意味，仿佛也必须翻译一下。短暂的茫然或适应之后，他差不多有点儿娘们似地放肆大笑，如同仰慕某人能在一次谈不上毕恭毕敬也不怎么戏剧化的严肃谈话中间开玩笑，开玩笑者本人十分欣赏自己有这样的打趣能力。这种状态通常出现在那些自认为没有轻浮细胞的人身上，夏维尔有俗套的一面但自己不知道。看到他的反应我又冒然开了另一个玩笑（也许应该说这是我对别人示好和关爱的主要方式）。过了一会儿，我对他说："你就差出书了，然后就能过上恬淡闲适的生活，就能在众人把事情搅成乱麻之前享受

F.司各特·菲茨杰拉德的作品所描述的那种田园情调。"这让他有点儿费解，而我之所以突然想到菲茨杰拉德，大概在于他应该对这位美国作家不感兴趣，我对这个作家更没有兴趣。他心事重重地回答我："我也有些多余之物。"接着是戏剧化的停顿，仿佛要确定是不是把已到嘴边的话咽回去。我沉默不语。他忍受着沉默（没有人能比他更能忍受沉默），而我不行。我问道："你指什么？"他还是等了一会儿才答道："我忧郁。""开什么玩笑。"我说着，忍不住笑了。"忧郁通常落到那些特别乐意原谅自己的人头上。不过，这是一种古老的疾病，所以不会太严重。我认为任何经典的都不重要，不是吗？"

他几乎从不表现出双重意愿，于是急着撤回那模棱两可的说辞。他说："我一直有忧郁症，靠服药缓解症状，如果我中止用药，基本上肯定会自杀。来巴黎之前我曾试图自杀过一次。不是因为什么具体的事情，没发生任何不愉快的事，很简单，就是我承受不了，活着让我痛苦。这种状况随时会再次出现在我身上，只要停药一定会发生。他们是这么告诉我的，可能他们有道理，因为我是医生。"他并未渲染这件事的戏剧色彩，讲的时候情绪丝毫没有激动，和跟我讲其他事情的口气一模一样。"那是什么情形？"我问道。"是在赫罗纳，靠近卡萨德拉塞尔，我父亲乡下的家里。我把卡宾枪的枪托固定在膝盖上，枪口对着自己的胸口。我双手发抖，握不住，子弹射入一面墙里。我太年轻了。"他带着歉意补充道，和善地笑了笑。他是个礼数特别周全的人，不让我付钱。

我们互通书信，我去巴黎要求和他见面，或许正是因为想平息几个月前发生的争执才去那儿的。我可以去一个意大利女性朋友家借宿，和她在一起我总会挺开心，因为她安慰我。我对夏维尔·科梅亚的作品感兴趣，我读他的书消遣。再往后，这变成了要重复进行的事情。一如跟有些人的交往，即使他们不在身边也会惦记。

夏维尔和他法国籍、有着中国人长相的妻子艾丽娜暂居他岳父家。和所有高雅的东方女子一样，她连呕吐都显得无比娇柔，而且她就是这类人。她对色彩妙不可言的品位备受丈夫赞赏。她并不作画，而是在装饰装修领域发展，我觉得那时她的大部分客户是朋友和熟人，也包括她父亲，并非真正意义上的客户。夏维尔岳父的餐厅，我倒是从没光顾过，据夏维尔说它是"法国最棒的中餐馆"，这也不会过于夸张或者至少挺神秘的。如果夫人在身边，我这位朋友会无微不至地照顾她，有时候甚至稍稍令人讨厌。比如，他请求我不要吸烟，因为烟雾让他夫人眩晕。出于同样的原因，在咖啡馆里她总坐在镶大玻璃窗的露台上，这个区域空气流通更好些。我们会让她背对着马路，因为来来往往的车流和人流会让她不知所措。人数过半的场所和影院都不能去，因为人群让艾丽娜不适。当然她也受不了任何拥挤喧闹的爵士吧或者龌龊的地方，会让她产生幽闭恐惧；同样必须避免去像旺多姆广场那样特别开阔的地方，因为会犯旷野恐惧症。她站着不走动的时间不能超过红绿灯变换一次的时长。如果不得不在剧院或是博物馆排队，即便是短短几分钟，夏维尔也会陪艾丽娜先在附近找家咖啡馆，核实那里没有任何威胁后，再让她待在那儿。各种潜在的风险太多，所以会耽误夏维尔一些时间，以便让夫人平平安安地坐下来等。当夏维尔回到我这儿，加入不紧不慢的排队行列时，我已买到了门票或入场券，而他又该返回去找妻子。艾丽娜已经要了茶，那么他不得不等她喝完茶再走。不止一次，在我们赶到之前，演出就开始了，或者我们不得不在博物馆里快速参观。和他俩出门有点儿烦，不仅仅是因为那种主仆式的夫妻关系和由此带来的不便，还因为观赏那种恩爱秀向来不愉悦。如果对示爱者有好感的话则更为不爽,会感到羞愧和受到羞辱。仿佛夏维尔·科梅亚全部或部分地展示出他最充满激情的私密,然而是些仅仅该由自己面对的事情,如自己的鲜血,如我们剪下来的指甲。也许更让人尴尬的是,看到艾丽娜就难以理解或想象她丈夫的举动:她没有沉鱼落雁的美貌且寡言少语(她当然既不会要求什么也不会反对什么,因为这些都与优雅相去甚远,况且她也不需要——夏维尔无微不至地照拂她,对她的需求了如指掌)。在我的记忆中她是一个完全模糊的形象,但她最吸引人的地方,特别之处可能在于她的在场给人留下的印象便是她如同一种记忆,一种蒙眬纤弱的记忆,平和宁静,充满祥和,有点儿怀旧色彩又难以捉摸。拥她在怀里大概像是抱着逝去之物,如同有时会在梦中出现的意象。夏维尔有一次对我说他打十四岁就爱上了她。我不敢追问是在何处,又是如何那么年少就认识了她,我不问太多。他俩在一起的形象盖过了我脑海里其他所有的形象。有天上午,我们在一个露天鲜花和植物市场时,天下起雨来。雨挺大,可是安排好了要让艾丽娜选购最早绽放的牡丹和别的鲜花。谁都没有预料到会下雨,市场也没有带搭棚的地方。夏维尔撑开他的伞,当妻子循着不变的路径仔仔细细地四处光顾时,夏维尔不让一点儿雨点滴到她身上。夏维尔保持在艾丽娜身后两步的距离，他如同忠心耿耿、对此习以为常的贴身侍从那样，把遮雨的拱顶高高举起，换来的是雨水打湿自己。我在几步之外，没有伞也不敢脱离队伍，属于层级更低的侍从，没那么狂热也没有酬劳。

当艾丽娜不在，只有我和夏维尔两人在一起时，他话更多，比写进信里的内容还要多。他说话时表情丰富同时又挺克制，有时有种张力十足的简明扼要感，那预示着爆发。如同他前额紧绷的皮肤和凸起的血管，爆发已然在信封外发生了。是艾丽娜不在身旁，他对我讲述他陡然迸发的令人难以置信的暴力举动，我已有十三四年的光景不卷入任何与暴力有关的事了。我们的确只在下午见面。如今他的生活如同一本破损不堪的书展现在我眼前，其中有许多了无痕迹的空白页；或者如同一座城，尽管途经了很多次，但只是在夜晚和经过时看看而已。有一次他告诉我，最近他回巴塞罗那探访，已经与母亲分手并再婚的父亲用嘲讽的口气警告了他。他先是沉默无语地忍受，后来则怒不可遏，开始毁坏父亲家的东西，把家具往墙上撞，捣坏枝形吊灯，撕扯画作，掀翻书架，当然把电视机也砸了。没人制止他，狂砸了两分钟后，他自己平静下来。讲这些事情的时候，他既没有显得不高兴也没有后悔和遗憾之意。我是在巴黎结识他父亲的，他荷兰新夫人的一侧鼻翼上嵌着块亮闪闪的饰物（她特别时髦）。夏维尔的父亲叫埃尔内斯特，两人除了异常凸显的前额骨外，没有其他相似之处。埃尔内斯特比夏维尔高一大截，乌黑的头发没有一丝白发，或许是染过，他雍容淡定，注重仪表。他对待自己的儿子有点儿傲慢。很显然，他不把儿子当回事。不过，这可能没有任何特别的原因，而且也看不出为什么。所造成的后果便是培养出了一个附庸风雅的窝囊儿子，这个儿子还专注于看赛马，扔飞盘；那个阶段，则翻看印度的哲学典籍。他儿子就是那类越来越古怪、好像总穿着丝质便装的人。夏维尔也不把他老子当回事，但不能表现得同样傲慢，部分原因在于会激怒老爹，还因为他并没有继承那种风范。

也是艾丽娜不在跟前时，在我们相识的头两三年里的最初几次会面中，他告诉过我他儿子出生不久就离世了。我不记得是因脐带绕颈或者根本不是，但我的确记得他说话时十分克制（我都没想到他会说出那样的话）。他说，孩子离世对艾丽娜的打击比对他的打击更大。"我不知道她会有什么反应。糟糕的是孩子已来到人世，我们无法忘了他，因为已经给他取名字了。"我没有问他是什么名字,那样就不必记住孩子叫什么。几年之后,他给我讲了另外一件事,但可能所想的并非此事。他在写给我的信里说:"讨厌的是必须把刚刚降生的埋葬。"他还没跟艾丽娜分居,或者说艾丽娜还没和他分居。那天,他跟我讲了一个文学计划,恰好是试验性的。他对我说:"我要写一篇有关疼痛的散文。"最初,我以为他要撰写一部严格意义上的医学专题著作,题目是《疼痛、麻醉和钝感》。"可我必须超越,不能局限于此,事实是我所感兴趣的疼痛是它所代表的神秘,其伦理特点以及对它的文字描述,我手头上积累了这几个方面的文献资料。我计划过几天就停用抗抑郁药。看看会出现什么情况,看看我能忍到什么程度。我还要详细调查伴随着各种生理症状出现的精神痛苦,特别是剧烈偏头疼这种病痛。虽然因对生活不满或是落落寡欢的妻子们的过错造成的偏头疼总显得分量太轻,但偏头疼是男人所遭受的最大折磨之一,可以借此了解男人。就算我想终止试验,可能为时太晚,我只能继续推进这项研究。"夏维尔·科梅亚又继续写了更多的小说、诗歌、一些"守卫"意义上的虚构想象作品和一部认识论。那家让我们相识的马德里出版社最终准备出版的是从他的所有作品里挑中的小说

《活体解剖》，比我读过的要扎实厚重许多。然而，由于没完没了的拖延，连出版的苗头都看不到。那时，夏维尔正在翻译受同一家出版社委托的伯顿的《忧郁的解剖》，之所以找他译也是考虑到他的职业。他依然是一名没有出版过作品的作者，时不时会陷入绝望，却毅然把这种状态持续下去——取消了合同，然后又得重新签。幸运的是，那位几乎未曾谋面的出版人极有耐心，敢冒险还充满爱心。我告诉夏维尔："你对出版你写的书没有好奇心。""有，当然有，"夏维尔回道，"但我不能等，我要完成那部有关疼痛作品的百分之六十。"他再次以惯常的精确性说。"我认识你的那一天，你告诉我如果不服药的话，你极有可能自杀。如果真是如此，你的作品只能留下一半或是更少，要看你的散文所占篇幅。百分之五十不算什么，对吗？"像一贯的样子，他滞后了片刻才笑，并且以他有时会使用的怪异的简漫言辞对我说："你有些过分……"我并没有太担心，总觉得当他跟我讲那些极具戏剧性的浮夸轶事时，真相被夸大了。

接下来的几个月，他的来信比以往少多了，孩子般的字体更加龙飞凤舞。只有在信尾才会提到他自己或是他的状况或试验进展。"时至今日，奔赴未来的速度还是不够快。与未来相比,我们不老,但与过去相比,我们已衰。我完美的未来急着要来,可完美的过去尚未刹车。也可以说,我活着就是逐渐明白,有一天必须彻底沉默。总之,我比任何时候都更懦弱。"但没过多久,他在信中说:"我内心越来越不受任何影响,但表面上越来越容易爆发。"再往后,他信里说:"非生非死,或许是人类最有英雄气概的延续。"他的下一封信里写道:"他们会怎么想我们?我们又怎么想我们自己呢?你将怎么想我?我不想知道。而且这个问题让我觉得有些沮丧。不多也不少。""正如我们对着卢森堡酒吧谈话时我告诉你的。"在所指的那次谈话中他渴盼作品的诞生。"我的入口在于再次引发内源性结肠炎,当你被领到七十一道弯的最后一道时,你将会明白为什么。要是你记得我曾跟你说起过的那些与我的病相关联的特别条件的话,就更容易理解了。当然,归返冥界①有点儿唐突,故此我是第一个指责自己的。"然而,当愚钝之人握有对付鲸的器具时又怎能让他们满足?他估算大概需要六个月达到临界点。但由于不服药,到了第四个月他就撑不下去了,不得不进了医院。他住院两周,并且没有

---

① 原文本意为哈迪斯,古希腊神话中的冥界之王,此处指代冥界。

任何能让他从事写作的工具。我知道他家人还有医生都跟他发生了激烈争执。

后来，没过多长时间，他的生活出现了一连串的挫败和变化，但他是零零散散分开告诉我的。毫无疑问，是出于谨慎才这么做的。他和艾丽娜已分居一段时间以后，他才告诉我，也没有对我明确解释。那次我们是在马德里聊天，他来探望在这里定居的一位兄弟。他让我明白他所说的，我则理解了如下四点：离世的孩子不一定会让父母两人还在一起，如若一方的面孔让另一方联想到死亡，有时会导致他们分手；期待某些具体的事情，期待一本书以及书出版的那些年，偏偏在等待实现的过程中，愿望化为泡影；童年发生过的事从不结束，但也不完成；疼痛本身不是可以忍受而是应该承受，但不能要求我们参与惩罚另一方，因为我们察知不到必要性。反正，那种破裂并不意味着仰慕的终结：夏维尔确信不会很快离婚，也确信艾丽娜不会离开巴黎，尽管后者作为室内设计师，有份极好的来自蒙特利尔的工作邀约等着她。

更晚些时候，夏维尔告诉我他的遗产或是年金已经见底了（或许是他父亲从家族生意的收益给过他的一笔钱，但已厌倦了继续给他钱）。他那时候唯一有报酬的工作是翻译伯顿不朽著作的稿酬，可百分之五十的钱还未到账。他虽是早起之人，但作息时间杂乱无章。夏维尔最终决定重操遗忘的旧业，并着手准备在巴黎工作。不过，只要艾丽娜在那儿，他压根就不想找活。他期待拿到国籍和博士学位证，所以一开始不得不去一家诊疗所当护士赚钱（"男女老少在那儿变成了插管的机器，我在那儿，从鸡毛蒜皮的小破事到把人吓破胆的事都得管"）。他差点儿到世界卫生组织或是无国界医生组织工作，这些机构可能把他派遣到非洲或中美洲一段时期，承担他所有的开销但不发工资。如果这样，他从派驻地回来时就会身无分文。他已不再把所有的时间都投入写作，减缓了要成名的速度。关于艾丽娜，他所谈有限，却会提及其他年轻或不那么年轻的女子，其中一位是我多年前介绍给他的我的意大利女性朋友。据夏维尔说，她冷酷无情。可女友仅仅为自己辩护——不过和他一夜云雨，夏维尔前脚出了她家门，后脚却要马上把行李搬进来，已然要住过来的架势。怒不可遏的女友把他轰走了。我听了他们各自的版本，不置评，只是感到遗憾。

他已经不再是没有出版过作品的作者，但如所预见的那样，他的小说在西班牙几乎没做什么推介，也就没什么销量。我去巴黎时，我们通常约在巴尔扎尔餐厅或利普酒店一起用晚餐或午餐，这一点没变，可现在他让我埋单，而以前他总是奉行好客原则——你是国外来的客人，这是我的地盘。他依旧穿戴得体。"这让我想到许多次他穿风雨衣的优雅模样。"仿佛出于教养，他在穿着上向来不随便，这或许是他唯一从父亲身上继承下来的。然而，对于色彩的搭配他已然不再那么得心应手和恰到好处，似乎在穿衣打扮方面曾过于依赖艾丽娜的意愿。夏维尔有一次在一封信中提到艾丽娜："由于和她分居引发的愤怒已经毁了我人生的一半。"我们两年未见，他体态的变化微乎其微，还用他一贯的方式，谨慎地提醒我："我不但精神倦怠而且身体状况极为糟糕，头发掉得一塌糊涂就是证明，不得不戴帽子以免陷入这里的秋天给人造成的坏情绪。"不得已，他搬到一个普通街区去住。我有一次去巴黎，他不接我电话，但我知道他就在巴黎。我认为电话线有可能被切断了。于是，我坐地铁找到他那既远又陌生的家，其实就是一个房间而已。那荒凉的住地极为狭小，没几件家具。有瓶葡萄酒摆在他的写字台上。

当我的出差地不再是巴黎而是意大利时，在我和他疏离的那段日子，他的状态渐渐有些好转。夏维尔·科梅亚最终找到了一份符合他要求的理想差事。当然，与之相符，也不会给他带来丰厚的收入。他去一家医院做夜班医生或是替班医生，差不多只在明确指定他上班或者他想干的时候才工作，只要他每个月替班的天数达到最低要求，他就根据自己的能力或需要增加时间，这样让他又有空闲投入到迫切想完成的书稿写作上。考虑到《活体解剖》出版后不过看到一线光明而已，我不太理解他的急切。既非他的小说《郝卡特》，也不是题为《无刃之剑》的作品，亦非他的专著《意志》，更不是他有时寄给我看的那些没有出版社要的诗歌。我记得我收到的一首名为《想象》的诗歌，其中的两句是："你成双灵魂的守夜 / 是我肉体拒绝的梦。"他撰写的一切依旧令人费解，他越写精力越充沛。我读得很少，他继续翻译着《忧郁的解剖》。

在相识十年或十一年以后，有一天上午我们再次坐在圣日耳曼大街一家有落地玻璃窗的咖啡馆露台。他显得雍容华贵，学会了梳理他似乎变得更为金黄的日渐稀疏的头发。在历经了那些年的苦痛挣扎后，我看到了生气勃发的他，他跟我讲写作上的重要进展。据他说，全部作品已完成了百分之八十三点五，颇有些我常用的讥讽口吻。然后，他露出只在谈隐私时才有的表情，愈发显得一本正经。再写两部作品就全部完成了，一部大概名为《土星》的小说和一部延迟交稿的关于疼痛的随笔。由于小说涉及复杂的技术内容，应该会最后完成。眼下他觉得又有力量重新开始试验，也就是要再次停药。他确信这次能扛下来，可以用笔把一切记录下来。"我在这些年的工作中目睹过许多苦痛，甚至包括我负责去减轻的痛苦。按照对患者更有益的原则，我与痛苦搏斗并接受它。从开始到结束，我用市场上找不到，只有医生才能得到的吗啡、其他药品和毒品消除痛苦。如同战时，不少情形都像被严守的秘密。但药房和诊所开出的仅占最小部分，黑市上什么都有。我目睹过痛苦，观察过它，减轻过它也测量过它，但现在轮到我重新遭受痛苦，不仅仅是生理上容易忍受的痛苦，还有心理上的。痛苦让思考的头脑停止思考，无法去想别的，根本办不到。我坚信最大的痛苦是意识的痛苦，对此压根没有解决之道，也无法减弱。除非死亡，否则思考不会停止。即便这样，我们也不能肯定。"这一次我不想说服他，不像他第一次宣布个人调查报告时那样，我间接或轻浅地劝服。我们彼此非常尊重对方，我对他说："好吧，随时告诉我进展吧。"

并不能肯定他是不是一边推进研究，一边告诉我进展和理由。或许唯有间接地，并通过感觉、症状和情绪来开展试验，把这些作为参照条件没什么不合适。于是，接下来的几个月，当我在马德里或意大利时，他在信中没有过多描写自己遭遇的事或想法，用词比平常更简练，但时不时会跳出一句话让我如坠云雾。依照情形，他的话或清新或神秘，或忏悔或隐秘。神秘气息通常出现在信的末尾，就恰好写在结束语之前，甚或在结束语之后加一则附言。今天我又读到了一些："痛苦、思想、愉悦和未来是我兴趣必需也足够多的四个条件。""没有任何比羞愧还糟糕的污点：该在成为你自己的夏洛克（《哈姆雷特》中狠毒的放高利贷者）之前付账。""我们尽一切可能不与尾车脱离。""如果你不逃离沙漠，这个名词的沙漠一旦拟人化就变成及物动词，动词的意思不是沙漠抛弃你而是把你变成沙漠。""用力拥抱，别让任何人休憩。他们可能会让你付钱。"这些句子在陈述。第一句有种延续，甚至可以说是推进。"我既不想写作，也没有工作、旅行、思考的欲望，甚至连绝望也不想。"他说。然后接着写："我因对工作的幻想而阅读。"过后我想到他恢复了少许，因为唯一一次坦率提到了他正埋头进行的试验："从自身内源痛苦的伦理经验出发，我依旧等待着夏初置放的那枚定时炸弹的爆炸，但我既不知道在哪一天也不知道是哪一刻。你已经看到了，不过别停太久才去看。如果思考的话，未免太伤感。要是这一切都包含宏大要素，那么说实话我的确感到渺小。"我不知道如何作答，也不知道是否问他。信被投入信筒之时人们就忘了自己曾写下的；甚至在投入信筒之前，在舔湿信封并把信封粘牢时就忘了。他继续给我描绘他闲散生活的缩影——少许治疗，极少动笔，宅隐稍多。湿漉漉的枯枝败叶。我记得他曾说过第一次失败的尝试延续了六个月，他本需要这段不服药的时间去找到意欲找寻的，就是说把再次去医院这件事从脑海里清除掉，所以我期待他的定时炸弹在冬日到来时爆炸或是必须让定时器停止。然而，冬季仅仅加重了他的病情，而不该对之有过多评论的他说："两个月来我萎靡不振。不写作，不读书，既不听也不看。我听到雷鸣，这倒是真的，但并不清楚会是一场渐渐远去还是越来越近的风暴，也不知道是过去的还是未来的，至此收笔：兀鹫啄食我的左半脑。"我觉得所指的是折磨他的偏头疼。

杳无音讯的两个月之后,我在马德里接到艾丽娜的电话。自他们分居以后,我和她没有任何联系,但我对她打来的电话并不吃惊,马上联想到最坏的情形。"夏维尔让我给你打电话。"她用法语跟我说。根据她使用的动词时态无法判断她所说的事是什么时候发生的,继续和她对话前我不知道是他在临终前提出的要求还是刚刚提出的,后者的前提是他还活着。"他又犯病了,相当严重,入院治疗,可能不需要太长时间。但他眼下不能给你写信,他不希望你过于担心。他状态很差,不过现在好多了。"她言谈中有种能让人接受通话内容的循规蹈矩。我大胆问了她两件事,尽管这么做意味着撬开一段回忆,也就是说,让别人回忆两次:"他企图自杀吗?""没有,"她回答,"不是自杀,但他的状态特别糟。""你会和他复合吗?""不会,"她回答,"复合是不可能的。"

近两年来,我们的友谊维系着,但通信和交往都减少了,我只去过巴黎一次,而他再也没有回过马德里。渐渐地,他不再给我回信或是拖很长时间才回,一切都需要某种节奏。他还有许多凄凉事,但我现在不想说,我没有经历过,完全出于他对我的信任才知道。我利用一次极仓促的出差机会和他一起在巴尔扎尔餐厅吃饭,那是我们最后一次见面。他有些发福，大腹便便，看上去不错。如同那种把出门用餐当成大事的人，他时不时地露出微笑。我们无言相对。他谨小慎微地仅以只言片语告诉我有关疼痛的随笔终于写好了。他觉得会出版的，但关于内容什么都没说。眼下把最后一篇也交给了土星出版社，尽管遇到极大的困难，但他是一气呵成的。那一切对我来说有些缥缈，让我觉得他的生活更加碎片化，更为虚幻，仿佛那本虎头蛇尾的书在最后几页布满了标点符号，仿佛如同记忆一样开始感受他，或者感受某位虚构出来的人。他神采奕奕，虽然头发差不多掉光了。我想他的血管更清晰显眼，犹如凸起的浮雕。我们在巴黎五区道别。

这之后我仅收到他发来的一封信，还有一份电报。过了数月我才收到信。信里说："我之所以没给你写信是到现在才终于有些要告诉你的事情，而恰恰因为时光飞逝，我能跟你讲的越来越少。什么都没有积极意义。可怕的冬日，充斥着停滞的风车。渣滓与混乱。一家去物质化的出版社的沉默。和艾丽娜离婚。对一切创意感到恶心。上周是憎恶凝固的一周。前天晚上最糟：一声哀号，我自己的，让我醒来。"末尾签名后附言写着："这样，我被忽视的肉体将只变黑一点点。"

我不是特别担心，因为两周以后我还要再去巴黎，所以也没给他回信,这是两年前,或两年多点儿前的事。到巴黎三天了,我像以往一样住在意大利女友家,因为等着把我要住的地方腾空,我就没给夏维尔打电话。三天后当我从外面回到她家时,我那位残忍对待夏维尔或是夏维尔本人如是说的意大利友人告诉我,夏维尔自杀了,事情发生在前天。他已不再那么年轻,自杀未遂并未发生。他曾是医生,非常精准且避免了所有痛苦。几天之后,我有机会跟他母亲谈话,此前我们未曾谋面。她告诉我,夏维尔在自杀的前两天写完了《土星》(百分之百完成。稿纸用尽后,他自己结束了生命)。书稿抄录了两份,桌上除了一杯葡萄酒,还有三封信:一封给母亲的,一封给他毫无作为的代理人,还有一封是给艾丽娜的。在给母亲的信中他描述了自己的习惯:在临睡前读几页书,听听音乐,喝点葡萄酒。在电话里她不知道怎么跟我描述所听的音乐和阅读的文本,而我也没有重新问及以避免再次回忆这段往事。伯顿一千余页的著作《忧郁的解剖》,他翻译了百分之七十,其实是百分之六十二,剩余部分还等着有人决定接手。关于疼痛的随笔我不知他是如何处理的。

　　回到马德里时,我看到了他发来的电报。本是他尚在人世时所写,而我读到时他已离世。他写道:"一切好的都烟消云散,而一切恶的都归返。给你最好的拥抱。夏维尔。"

今天我收到的一封信让我想起了这位朋友。信是一位陌生女子写来的,既不认识我,也不认识夏维尔。

无所顾忌

两天前我去参加那部色情片的选角试镜时，正赶上我特别缺钱。看到那么多人争抢没有台词的角色，我挺震惊，毕竟，是个只有呻吟的角色。赶到试镜地点时，我精神萎靡，觉得无地自容。我对自己说其实无所谓，小女儿总得吃饭，而且我认识的人不可能看到片子。虽然我知道到最后发生过的每一桩事都会传到所有人耳朵里。我并不认为自己以后会因为从前的所作所为招人讹诈，尽管类似的可能性相当大。

看到别墅前面排起的长队，看到接待厅和台阶上人挤人的那一刻（试镜和拍摄一样，都在多尔佩德罗·图库满一带的一栋三层小别墅里进行，我不了解这个区域），怕自己会落选的担忧涌上心头，但那一刻我真正在意的恰恰相反，我所期盼的正是不被选中，他们会觉得我不够漂亮或是不够丰满。后一种想法其实是白费心思，我这辈子都吸引眼球，这一点毫不夸张，我没什么大用但引人注目。看见所有那些志在出演这个角色的女人时，我想："得了吧，即便身材有料这活也落不到我身上。""除非有聚众纵欲的场景而他们需要群众演员。"有不少和我年龄相仿或更年轻的女孩，也有些比我年长的、十足主妇样貌的女人，毫无疑问，她们和我一样都是母亲，但她们有不止一个孩子。这些女人个个脚蹬高跟鞋，穿着紧身毛衣和短裙，我也不例外。主妇们的腰肢不再纤细，妆容拙劣。事实上，这很荒唐，要是我们出镜的话将是赤身裸体的。几个跟妈妈来的孩子在楼梯上蹿上蹿下，当孩子们从排队的女人身边经过时，还扮怪相。也有好多穿衬衫和牛仔裤的大学生，她们该有父母吧。如果她们被选上了，父母哪天偶然看到了片子，该怎么想呢？尽管要拍的色情片仅仅以录像带的形式售卖，但以后可以想怎么用就怎么用，最终会在数不尽的凌晨在电视里播放。患失眠症的父亲能窥到一切，而母亲在这方面的能力不及父亲。身无分文的人有的是闲工夫。他们待在电视机前，一个节目都不落地打发时间或是消除空虚感，这样就不会去干什么有违常理的事情。当一个人一无所有时，仿佛什么都能接受，荒唐事也会变得正常，顾忌则抛到脑后。反正这种烂事不会造成伤害，有时他们带着好奇心去看待，还会有所发现。

从上面的试镜室走出来两位大叔，各自都把手搭在前额上，先隔着一段距离注视接待大厅里的排队长龙，然后决定沿着队伍慢慢查看一番，两人一个台阶接着一个台阶地走过来，边走边清理队里的人。"你可以走了。"他们对一位女士说。"你不合适，上不了，别等了。"他们跟体态过胖的主妇说，也同样告诉了看上去最胆怯或最稚嫩的年轻女孩，对所有人一律以你相称。他们也在那儿要求一个女孩出示证件。女孩说："我没带。""那就请回吧，我们不想和未成年人有什么瓜葛。"高个子说。另外一个蓄胡子的叫高个子米尔，他矮一些，似乎更有教养或更稳重些。队伍被他们削减了四分之一，剩下的只有我们八九个人，他们让我们逐个进去。没过几分钟，在我前面先进去的姑娘就哭着出来了，我不知道是因为他们拒绝了她还是因为他们做了什么有辱她人格的事。也许他们嘲笑了她的身材。不过，找这种差事的女人早该对此心知肚明。对我，除了预见到的那些，他们没对我怎么样，他们让我脱光衣服，先脱上身的。一张桌子后面是米尔、矮个子还有另一个留着小辫子的男人，他们如同古罗马三人执政官。然后，又来了两个技术人员，还有一个穿红裤子、胳膊交叉抱在胸前的尖嘴猴腮的家伙。我不知道这家伙的来头，可能是个想来摄制组瞧热闹的朋友，他春心荡漾，那种饥渴全写在脸上了。他们给我录像，对我打量来打量去，看得要多仔细就有多仔细，光着身子和穿裤子的样子都拍了。他们让我双臂抬起转圈，我当然有些难为情，这很正常，可看到他们十分严肃地在一些卡片上做记录时，我差点儿笑喷了。老天，怎么像是一场口语考试的几名考官呢？然后，他们告诉我说："你可以把衣服穿上了。""明天上午十点到这儿来。务必睡饱了来，别让我们看到一对缺觉的眼袋，你可不知道在屏幕上它们会有多显眼。"说这话的是米尔。我眼袋确实明显，因为想着试镜差不多一整夜没合眼。当我就要离开时，那个扎着小辫、被别人叫作古斯塔托伊的把我叫住了。他说："听着，为了避免你在最后一刻给我们制造什么惊奇或问题，我告诉你要拍什么：法式、古巴式和普通的滚床单，明白吗？"他扭头和高个子确认自己的说法："没有希腊式，对吧？""没有，没有，希腊式不是跟这个妞，她是新手。"米尔答道。另一位老大放开交叉着的胳膊，接着又反方向把双臂交叉起来，红裤子让他看起来像个小丑。我尽量快速地记住了他们的话。这些行业术语，大概因为原先我曾听说过或是在报纸的性服务广告栏读到过，所以挺容易就理解了大致含义。"没有希腊式"，他们说。我无所谓，至少现在无所谓。"法式"，我觉得自己提醒自己。可"古巴式"呢？

"什么是古巴式？"我问。

矮个子男人不屑一顾地看看我。

"不过，美女……"他说，双手放到没有波波的胸脯上。我不能肯定他是否明白我的意思，但只敢再问一件事："我的男伴选好了吗？"我本想说"指派给我的男伴"。转念一想，如果这么说的话他们可能觉得是嘲讽。

"对，选好了。后天你就会认识他。你用不着担心，他有经验，会让你配合得非常好。"矮个子就是这么说的，仿佛说的是一种旧时舞蹈，紧搂在一起的那种，这样的情形说"我会带"还有意义。

眼下，我再次待在狭小的等候室，等着拍摄，是和我的男伴一起等。他们刚刚把他介绍给我，他伸出手跟我握手。起先，我们坐在一张过于窄小的双人沙发上，因为太小了，他为了更舒服些，立刻坐到同一套的小单人沙发上去了。高个子、矮个子、小辫儿还有技术人员正在拍另外一对（我确信那个令人侧目的哥们不在，他外凸的眼睛、扁塌塌的鼻子，难看得要死的裤子)。拍电影都慢得要命，一拖再拖，按我的理解，他们让我们等着，让我们彼此了解。这简直荒谬。我心里想，"我根本不了解这个男人，可再过一会儿就得给他吹箫"，想到他，我没办法不想这个字眼。我们必须相互了解些，必须聊一聊，这有什么意义？我几乎不敢正眼瞧他，只用余光瞄着，仿佛干了最上不了台面的事而备感羞愧。把他介绍给我时，他们对我说："这是洛伦，你的伴儿。"我宁愿他们称他是搭档①，不过没人知道这个词了。他三十出头的样子，裤装，戴帽子，脚踏牛仔靴，所有的男演员都美国化了，连色情片的男演员也如此。许多演员都是这么起步的，没准哪天就出名了。尽管他穿戴这么一身行头，但他一点儿也不丑，他那种田径运动员的体魄是在健身房练出来的。他的鹰钩鼻不太明显，灰色眼眸，目光平静冷峻，讨人喜欢的双唇，不过或许不该吻他的唇，那嘴巴太招人爱了。他似乎完全置身事外，像牛仔那样交叉着双腿，翻看报纸，不怎么搭理我。他们把他介绍给我时，他脱帽致意，冲我微笑，露出缝隙挺大的牙齿，宽牙缝给他平添了些许孩子气。他重新把帽子戴

---

① 原文是法语 partenaire。

上，或许拍片过程中要一直戴着。他要给我几粒甘草片，我没要，他一次含两片。可能我们不接吻更好。他手腕上紧紧缠着一根皮绳，或许是大象皮的，大概不能称作手链。我觉得他挺潮，立刻觉得自己的紧身裙、黑丝袜和高跟鞋一点儿也不时髦。不知为什么我穿来的是自己后跟最高的高跟鞋。很多男人喜欢看我们赤条条蹬着高跟鞋的样子，或许他们看到我这模样就不想让我脱高跟鞋了。一派呆萌的想象：他穿戴整齐，而我只穿着鞋。我坐下时把裙子拎得太高了，此刻发现裙子正缓缓下滑，这令我慌乱。我的搭档根本没朝我的大腿瞧一眼，他做得妥当。过不了多久，就既没有裙子也没有任何别的遮羞布了。

"嗨，不好意思，"我对他说，"你以前也拍过，对吗？"

他的目光从报纸移开，但并没有把报纸搁在一边，仿佛还不肯定是开始跟我随便聊聊，还是根本不想聊。

"对，"他回答，"但不多，两次；不对，三次吧，我干这行没多久。不过，别担心，你马上就会忘了摄像机。他们已经告诉我，这是你头一次拍。"我感谢他没说我是"生手"，而是像光头高个子米尔一样，说我初涉这行。"不管什么场面你都别慌，惊慌失措是最糟的，你跟着我，尽可能地享受，其他的都别放在心上。"

"当然，说说容易。"我答道。"我这个人容易紧张。要是我紧张的话，希望大家有耐心。"

演员洛伦索①咧嘴微笑，露出了分得很开的牙齿。他在看报纸的体育版。他看上去自信满满，因为他对我说："听着，你别管他们怎么拍，这个我负责。"他说话时并不盛气凌人而是很直率，所以不让我觉得他讨厌。

尽管的确如此，但我未曾想到的是拍摄时的在场者并非导致自己神经紧张的主要原因。或许因为害怕，我不敢怀疑他的话，于是答道："好吧。不过会有暂停的，对吗？要拍好多镜头，不是吗？会怎样？被晾在那儿，该做什么呢？""没事，你愿意的话可以披件浴袍，喝杯可乐。不用担心。"他重复道。"有更糟的事。如果你需要，他们肯定有白粉。"

"是吗，比这更糟的事？"我问，此刻他那种过分放心让我有点不高兴。"我不知道还有更糟糕的。能跟我讲一件吗？"他终于把报纸放到一边。我又急着问："听着，先说清楚，我不是因为你才这么说的，明白吗？我不是指你，你懂我的意

---

① 指洛伦，洛伦是洛伦索的简称。

思吧？是因为钱，别跟我说这活不糟心。好吧，你怎么想我不知道，但我自己不想干这行。"

洛伦丝毫没有理会意在不想伤害他的补充说明，而只在意我前面所说的。现在他一脸平静地注视着我，不过，稍稍有点儿兴奋，仿佛那些话惹急了他，而他是那种不会被惹急的人，那种不会感到被惹毛了并且能找到恰当的说话语调的人。他灰色的双眼也分得比较开，扁平鼻子上的两只眼睛炯炯有神，鼻孔像是总伤风的样子。

"我要告诉你一件更糟的事情。"他说。"我要告诉你现在这个活比我以前干得强百倍。我并不想一辈子都在这个圈里混，不过，还是值得边干边等其他机会出现。你不知道，这差事比起我原先的工作简直太好了。"

"你以前干什么活？是不是在马戏团里当靶子，别人朝你身上扔刀子？"

我不知道自己为什么这么说。我觉得听上去对他颇有冒犯，仿佛演员洛伦索必须在他最早的演艺生涯中亲历最艰辛的表演。反正我自己眼下的处境跟他差不多，简单地说，两年多以前我丢了工作，前夫消失了，女儿和我相依为命。或许他也有个女儿。但这些情节太老掉牙了，过时的剧情，马戏团也基本绝迹了。

"不，聪明妞儿。"他对我说，丝毫没有责备的意思，也没有冒犯我的企图。我不知道是因为他能容忍还是因为他其实没有意识到。他对我说话的口吻如同学校老师对孩子们说的那样："不，聪明妞儿。我当过监护。"

"监护？怎么是监护？监护什么？"最后的字眼正好是我等着从他嘴里说出来，我又无法掩饰，或许我的诧异也有冒犯之意。现在我望着近在咫尺的他，一名监护，仿佛他是从意大利西部片里跑出来的。

他不安地摸着帽檐，像是在给自己戴帽子。

"好吧，我想说的是有人受我监护，在我的保护之下。好比保镖，但有所不同。"

"嗯，好，保镖啊。"我不屑一顾地说，如同降低了他的档次。"那么糟糕吗？你是不是有很多次不得不给你的老板挡枪子儿还是有其他什么事？"我没有理由和他对着干，说出来的话却不妥当，也许片刻过后便没有借口而不得不舔他的小弟弟让我心里不爽，但这一刻越来越近了。我无意中瞥到他的小弟弟，旋即移开了视线。我又用舔这个动词再次思索这种境况。随着年岁增加，我们越来越粗俗，或者根本不去在意举止中是否能少些粗鄙，或许那是贫穷——越是什么都缺，越是无所顾忌。当日渐老迈，离生命的终点越来越近，我们愈发所剩无多。

"不，不是那种保镖，我可不是大猩猩。"他说。他心平气和，坦诚相见，一点儿也不做作，对我的讥讽也没有丝毫不满。"我曾经必须监护一名病人，防止病人把自己弄伤，但这很难做到。必须二十四小时不离左右，时刻保持警惕，却不可能完全避免发生状况。"

"是什么人？这人出什么事了？"

洛伦摘下帽子，像电影里的牛仔那样用右手臂前边的肘部擦蹭帽盔。没准是表示尊重的举动。他的头发开始稀疏了。

"是一个富豪的女儿，亿万富翁，你想象不出他多有钱，富得不知道自己到底拥有多少钱财的企业家。你大概听说过他的名字，但我最好还是别说出来。他女儿精神错乱、歇斯底里，还有自杀倾向，每隔几天就试图自杀。她能一连几个礼拜表面上看过着一种正常生活，却会突然间在毫无征兆的情况下，在浴缸里自己割开静脉血管。她确实曾被禁闭在家里。他们不想把她送到精神病院，一来太残忍，二来如果送进去的话，最后所有人都会知道。她的自杀倾向只有身边少数几个人才知道。他们雇我就是要我防止她自杀。没错，和保镖一样，只是通常情况下，保镖是保护她不受其他人侵犯，而非不让她自己伤害自己。她的朋友们都把我当成一般意义的保镖，其实并非如此。我的工作是另一码事，更是一名监护。"

我想他之所以知道这个词是因为不厌其烦地找到了它来定义自己。找这个词的时候就该知道有保镖这个词了。

"当然，"我说，"是更糟糕的工作啊。她多大？安排一个男护士不是更好吗？"

洛伦用手背逆着胡须的方向摸下巴，像是突然发现胡子没刮干净。他会吻遍我全身。但胡子看上去刮得很干净，我有伸出手去摸他胡子的冲动，却不敢动，这举动可能会被当成爱抚。

"因为男护士太显眼了。要是男护士的话，一个年轻姑娘身后为什么整天跟着男护士？贴身保镖人人能理解，因为她老爹超有钱。我已经跟你说过，她可以过平常生活。她二十岁，上大学。她参加聚会，买奢侈品，也去看心理医生。当然，她不是整天郁郁寡欢，萎靡不振，不是这样。她一段时期挺正常,人也和蔼可亲。但突然就发作一次,并且发作起来总是要自杀,发作时间是无法预知的。她房间里没有一件尖利的物品,没有剪子也没有小刀之类的,可能勒住她造成窒息的带子也没有,她手边一粒药片也没有,就连阿司匹林也没有。高跟鞋也没有。她有一次用一个鞋后跟砸裂了颧骨,伤口大得吓死人,不得不给她动整形手术,后来倒是看不出什么疤痕。之后,她妈妈就留意鞋的后跟不能太尖。像你穿的高跟鞋,是尖细的武器,不准她穿。他们在这方面待她如囚徒,她可及之处不能有一件危险物品。他父亲看过《教父》第三部之后差点儿连太阳镜都不让她戴,因为片子里有个人是被用太阳镜镜腿最尖锐的部分给弄死的,惨不忍睹。那杀手从上到下全被搜遍了才进去,却用这东西杀死了人。你看过《教父》第三部吗?"

"我觉得没看过,我看过《教父》第一部。"

"你要是想看的话,我可以把录像带借给你。"洛伦善意地说。"三部曲中最好的一部,特别带劲。"

"我没有录像机。你接着说。"我答道,心里害怕门随时会被推开,出现长脸米尔或干瘦的古斯塔托伊或矮矮的小胡子,他们会吩咐我们去拍片。拍摄过程中我们肯定不能说话,或者不能以现在这种方式说,他们会要求我们集中精神,专注拍片。

"就是这样,我不得不整天跟着她,睡觉也要睁着一只眼,我的房间和她的房间连着,中间有道门隔开,我有门钥匙,你懂吧,就像酒店里的那种套间,他们家特别大。不过当然了,自我伤害的方式有无数种,要是某人真准备自杀,最后总能得手,就跟杀人犯一样,如果什么人想干掉谁,不管有多少保护措施,最后还是会被灭的。就算是政府总统,就算是国王,要是什么人一门心思要杀谁而且丝毫不顾忌后果的话,最后准能干掉他想杀的人,对此毫无办法,只要对杀人造成的后果无所谓,迟早能达到目的。看看肯尼迪,看看印度的情况,活着的政客一个没剩。自杀同样如此,我觉得自杀未遂很可笑。那位公主会在英国宫百货公司的滚梯上突然头冲下躺倒,当我们把她拽起来时,她前额已开花,双腿的皮肤都被擦破了。不过,因为我出手,还算运气好。或是她急不可耐地撞玻璃,朝大街上的橱窗撞,你不知道那情形,她浑身都是小口子,插着成百块玻璃碎片,惨不忍睹,她痛得大呼小叫,因为如果她不能杀死自己就会疼啊。也不能把她禁闭起来,要是这么做的话,她大概无法痊愈。我习惯了发现所有地方的危险所在，目光所及的空间如同一种威胁，这其实特别恐怖，什么地方都不安全并且一切都暗藏杀机。我从最没有伤害可能性的表面看到对抗，我的想象力必须先于她的。每次我们过马路的时候，我必须挽住她的手臂，力图不让她挨近任何一面高高的窗子；在游泳池里要特别留意；拿着金属棍的工人从旁边经过时必须把她拉开，因为她会想法扎穿自己，或者我习惯这么想，她什么事都干得出来。我怀疑一切，什么人都不相信，什么事都怀疑，连墙壁都不相信。"女儿很小的时候，我也这样。我想。现在我还有点这样，从来都无法完全平静下来。这种状态我了解。的确很可怕。"有一次在赛马场上，她试图冲到最后冲刺阶段的马蹄子下。我幸运地在她即将冲进赛道前抓到了她的脚踝。她是趁我去下注的空子溜走的。攥住她脚踝前的几分钟简直要崩溃了，因为她是朝马匹飞奔过去的。"演员洛伦停顿了片刻，但他的思绪没有停歇，我感觉得到他如何继续琢磨说过或即将要说出来的话。"我可以肯定地告诉你，那份差事根本比不上眼下这个活。承受巨大的压力，持续不断的愁苦，特别是我上了她以后，就更摆脱不了那些煎熬。我睡过她两次。我俩的房间挨着，钥匙在我手上，夜里我总是半梦半醒，心提到嗓子眼,你明白吗?有点儿无法避免。不过,我和她同一张床待着是没有危险的,我搂着她睡,她就不会有事,跟我在一起她很安全,懂吧。"我想,性是最安全的避风港。性控制了另一方,让另一方动弹不得而且安然无恙。"我好久没跟女人睡了。当然,跟个姑娘睡过两次以后,就喜欢上她了。不过,没做几次。我有未婚妻,我没有强迫她跟我睡,但睡过就不一样了,你抚摸过的、亲吻过的女人和其他女人不一样,而她跟我挺亲热。"我问自己,拍完我们正等着要拍的片子以后会不会再跟他亲热。或是他会因此喜欢上我。我没有打断他。"所以,除了工作压力之外,我还忧心忡忡。好吧,是心里害怕,我不希望她出事,无论如何不希望她出事。反正,看似一桩美差。和这桩美差相比,拍色情片是狂欢撒野。"

不常听到"美差"和"狂欢撒野"这样的词了,跟说笑话似的。

"对呀。"我说。"那发生什么事了?是你厌倦了吗?"我问他,并没指望他给出一个肯定的回答。其实他考虑再三的样子和讲述剩余部分的方式已然把事情和盘托出。

洛伦重新把帽子戴上,透过好像潮润的鼻孔使劲呼吸,仿佛要汲取能量来发力。帽檐遮住了他苍灰的冷漠目光,现在只能看到他面孔上的鼻子和双唇，悦人的双唇不亲吻，色情片里没有嘴对嘴的亲吻。

"不是，我没活干了。我大意了。三个星期以前，那位千金小姐半夜三更在自家厨房里抹脖子死了，而我根本没听到她离开房间。你怎么看？没人需要我看护了。那是场灾难。太惨了。"有一瞬间，我突然怀疑演员洛伦是不是在演戏，为了给我解闷，让我不紧张。有片刻我想到自己的女儿，我让一位女邻居照看她。他站起身，在房间里一边踱步一边把牛仔裤向上提。他在关着的门前停下来，很快我们就该从这道门出去了。我觉得他想朝门上猛击一下，可他并没有那样。他只是情绪恶劣地说："好了，能不能赶快开拍呀！我可不能一整天都待在这里。能不能赶快开拍呀，我不能一整天都待在这里！"

血染长矛

献给路易斯·安东尼奥·德·维耶纳

我和最好的朋友永别时,并不知道他出了什么事,因为前一天晚上,他被发现时,施救为时已晚。他四仰八叉地躺在床上,胸口上插着一根长矛,一名也已殒命的陌生女子躺在旁边,但她身上没有凶器,必定是用同一根矛先杀死了那名女子又拔出来扎死了我的朋友,她的血跟我最好朋友的血混在了一起。那间屋里的灯全亮着,电视机也开着,毫无疑问,他们一整天都宅在屋里。在朋友丧命的第一天或者说三十九年来他没在尘世现身的第一天,清晨温煦的阳光和灯泡散发出来的光并不怎么和谐,必定和暴雨将至的午后天空有极大的反差。不过,多尔塔应该讨厌浪费。我不太清楚处理死人的费用是什么人支付的。

他的前额被打得向外凸起,并非鼓起一个包,如果算鼓起来的包，那么是整个额头都鼓起来了。他大象般的前额皮肤紧绷着，犹如死去的弗兰肯斯坦，头皮有一小处光秃秃的，原来不是那样，那儿的头发被拔掉了。那种重击大概让他无法招架，但看上去他当时的意识并没有完全丧失，因为他双眼圆睁，眼镜也戴着，尽管有可能是被矛扎死以后才给他戴上的，这太有讽刺意味了：某人本不需要眼镜，因为他肯定什么都看不见了，之所以让他变成四眼，为的是让他看清通往地狱的路。他穿的浴衣是一贯的晨衣式样，每隔几个月他就买一件新的，最后这件是黄色的，也许本该像斗牛士那样避免这种颜色。他脚上套着那种硬硬的美式便鞋，露着大半个脚面，是没有滚边的船鞋，鞋跟非常平，一个人走路时要是听到自己的脚步声一定会觉得特别安心。他赤裸的双腿露在衬衫下摆下面，我看到这个毛发浓密的男人光溜溜的小腿。由于裤子的摩擦，有些人身体的这个部位没有汗毛，要不就是因为他一直穿的被称为运动袜的高筒袜，即便在大庭广众之下，当他两腿交叉时也没见过他腿部裸露。灯统统亮着，电视屏幕里忙忙碌碌的见证者。鲜血汩汩流了数小时，浸湿了浴袍、被单，毁坏了木地板。床，因为热，所以没铺床罩。床单没有打开，床头碰都没碰过。和所有的尸体一样，照片上的他面色苍白，有一种反常的表情。他本人笑容可掬，爱开玩笑，特别幽默，现在看上去则满脸严肃，与其说那张苦涩的脸让人害怕或是诧异，不如说，可能，更令人惊骇的是那种深深的沮丧或厌烦，仿佛他曾被逼迫去做某件尽管不是极其严重却违背他意愿的事。因为如果一个人知道会死，那么死亡对其似乎是严重的。不能排除的情况是他被长矛击穿前已被打得不省人事，对发生的事情没什么意识，这样就可以解释当长矛插入他体内以及之前把凶器从那个陌生女子的前胸拔出来时他也没有反应。那根矛是前些年他去肯尼亚旅行带回来的纪念品。他认为那次旅行糟透了，还为此抱怨，就像离开旅行地后常出现的情形。我不止一次看到那根长矛被随随便便地插在伞桶里，多尔塔总想有一天把矛挂起来。当看到这类装饰物在别人手里时，它焕发出奇幻的吸引力，可最终带回家后我们就不那么喜欢了。多尔塔并不收集这类装饰品，但偶尔控制不住购买欲，特别是身处知道不会再光临的国度时更难以控制。不喜欢多尔塔的人在其死亡方式中发现了些许嘲弄的意味。多尔塔特别喜欢尖头金属手杖，他有好几个，其实没什么独特性可言，卖弄炫耀罢了。

那名女子几乎全裸，仅一条内裤遮体。她本该穿着来到这个家的其他衣物全不见踪影,仿佛后来的持矛者把衣物都仔仔细细收走了。我想说她不能裸露得再多了,但不管天气有多热,没有人会以这副打扮跑上街或是坐出租车。或许也是一种讥讽——婊子,你就这么一丝不挂地待着吧!所有迹象都表明杀人者不必要的烦躁,迁怒到手能触及的一切,也就是所有剩下的物品。女子三十岁上下,不管是外表还是法医报告上都是这个年纪。首先,可以说她是外来移民,来自古巴、多米尼加或者危地马拉都有可能。她高颧骨,古铜色的肌肤,嘴唇又宽又厚。不过,许多西班牙姑娘,不管南部的、中部的甚或北部的都是这样的相貌,更不用说两个群岛上的了,人之间的差别比所期待的要小。这名女子的确双眼紧闭,面部有种痛苦的神情,仿佛没有被一下子扎死而是留给她不由自主呈现表情的片刻,金属利器往肉体中捅及捅入后造成的巨大痛苦使她上下牙本能地咬紧且目光空洞失神,她光溜溜的身体突然有种叠加起来的双重保护缺失。与白刃直接切割裂帛不同,有布遮挡的话,不管遮挡的布多薄,凶器都不是直接抵触皮肤的,尽管结果并无二致。或者说我是这么想的,从未遭受过这种伤害的我十指相扣,击木驱邪。能看到女子左侧乳房上方的窟窿,随着对两侧乳房的辨识,我觉得双乳都是柔软的。我先在照片上看到双乳,两只都有缺失。不过,和女人有过首次目光碰撞后,看客会习惯性地想象她们乳房的质感、大小和触感,在这个处处有骗局的年头更是如此。她该是个美人,乳房还用硅胶整了形。她这个年岁的女子,那种特有的柔软并不在于年龄。她那曾有血溅到的乳房上,留下的是干掉的血渍。她一头乱蓬蓬的长长鬈发,右侧脸颊被一点点刘海硬生生地遮住了,仿佛曾给她留出时间让她能使劲用手把头发推过去遮住脸,是在她成为无名死者之前呈现的最后一个羞耻或惭愧的表情。从某种意义来说,她更让我感到痛心。我感觉她的死是次要的,因为事情其实与她无关或者说她只不过是布景的一部分而已。据说,她嘴里有残留的精液,而且精液是多尔塔的。他们还说她有几颗蛀牙,穷人的牙齿,或者是糖果吃得太多了。他们还说两个人的身体里都检测有毒品,用的正是这个字眼,但没有具体点明。这对我来说我倒不难想象。

他们俩呈坐姿,说得更确切些,不是完全平躺,而是歪着的。不过,我朋友的样子不能让人感到丝毫欣慰,那根被用力刺入的长矛锈迹斑斑。自打从肯尼亚带回来以后,矛的尖头既未被打磨过也未被清洗过,却极其锋利,穿透多尔塔的胸腔后，矛触及墙壁，于是多尔塔如昆虫般，体液在石灰墙面上四溅开来。如果把这种情形当成发生在别人身上的事跟多尔塔说，恐怕他会想到把矛从身体里拔出来时该有石灰留在体内，这准让他全身打颤。必定有把矛拔出来的人，这个人的力气肯定比把矛扎入两个胸腔（一个女人的和一个男人的）的那个人的大。凶器并非隔着一定距离投掷过来的，而是直接用它从下往上猛戳，可能极其迅速，也可能不是。不过，从被刺穿的第二个人的情形来看，行凶者必定十分强壮或是惯于用刀刺杀。卧室宽敞得可以轻盈起舞。多尔塔的家很大，这所装修过的老公寓是父母留给他的遗产，除了收拾客厅和卧室之外，他不太打理其他屋子，这个家对他来说实在太大了。刚满三十九岁的他对即将到来的四十岁心怀感伤。尽管他一个人住，但经常邀请别人到家里来，而且是一个一个分开请的。

"这个年龄最坏之处在于让这个年纪的人觉得年龄与自己无关。"他死的那个晚上，我们一起吃晚饭时他这么跟我说。他的生日在一周以前，因为那天他在伦敦，所以我没能向他祝贺。为此，我无法用传统的玩笑方式打趣他。我比他小三个月，这三个月里我可以叫他"老人家"。现在我又增加了两岁，我的人生过半，而他再也不会拥有这个岁数了。前几天我在报上读到一则有关一名三十七岁男子的消息，其实我觉得"三十七岁"和"男子"搭配得挺恰当，至少适合他。相反，对我来说大概不适合。我还下意识地期待别人把我当成"小青年"，对我以"你"相称。想象一下，我已经比消息里的那名男子年长两岁。应该总是让别人帮忙，这样才显得我们年长。此外，跟旧时的富人一样，他们付钱给穷人，让后者替他们服兵役或上战场，给别人报酬来让我们的年龄变大必定也是可能的。我们时不时拥有某个年龄。我三十九了，真烦透了这个岁数。你不觉得付钱改年龄是个绝妙的主意吗？

我们俩都未曾想到三十九会变成多尔塔生命的定数，就算到了世界的尽头，也没有更改的可能，而且一筹莫展。这些是多尔塔兴致勃勃、情绪绝佳时的想法，荒谬且不怎么好的主意，有时候是一成不变的索然无味与不近情理，不过最后这个有关年龄的想法至少能在我这儿找到理由。因为我们打小就认识，所以从认识后彼此了解到的每个人的原初本性随着岁月推移依旧会轻易地继续显露：一个人若是顽皮，那么肯定时不时会展现出这一面；一个人或残忍，或轻浮，或谜一样难以捉摸，或懦弱，或招人爱——我们每个人都有自己的本色清单,可以有变数但不会消失。如果一个人笑过一次,就应该总是笑容可掬或是不被接受。因此,我一直叫他多尔塔并且这么记住他。当一个人是学生时,别人对其整个少年时代的了解都是通过姓氏。同样,成年后,小时候的相处方式还会继续,那个同桌小男孩的脸总会在他长大的成人的脸上浮现出来,仿佛他后来的变化或某些突出特征不过是掩饰本性的面具和把戏。于是,对方因年龄增加斩获的成功与遭遇的挫折好像并不真实或者是虚构的,如同渐行渐远的童年时代的想法或幻想或猜想或惧怕,仿佛朋友间的交往继续着并且如期盼的那样,生活一切如故——依旧如年少时的状态。其实根本不是愿望,当下便是过去甚至遥远的从前。对这类朋友用不着过分认真对待或者丝毫不用在意,因为习惯了一切都是假装的,坚定不移地采用那些步入成人世界就会抛弃的模式——"我们来玩这个""我们来做这个吧""现在我说了算"(仅仅口头上舍弃了,实际上所有的模式都继续进行)。所以,我能冷静地讲述他的死亡,仿佛那是不曾发生的某件事,只不过被设置成永久期待罢了,既不可信也不可能发生。"假设他们用一根长矛杀死我。"在马德里,一根长矛。当然,有时候会有强烈的情感或者说是暴怒涌上我心头,恰恰在于此，我能想象那个晚上他的悲苦与惊恐。在我眼中他始终是个胆小怕事、委曲求全的小男孩，那个经常需要我在校园中保护的孩子。事后他会自己辩解而且会送些书或者儿童连环画给我，因我不得已卷入了与自己无关的事情，也就是和寻衅滋事者搏斗。但他从来没有向我求助，总是任由其他人推搡他、痛打他，全部情形就是这样。我却看在眼里，于是我把自己的体能馈赠给体力上无法胜出的那个人。他升了那么多年级，眼镜差不多天天都滚落在地上。如果他是暴力致死，那一定是不可原谅的，即便多尔塔对自己的死一无所知。这其实是明知故问，又有谁不知道呢？我没有在现场看着他并参与搏斗，或许起不了什么作用。

他在伦敦时，正赶上苏富比拍卖行举办文学和历史书籍拍卖会，他的几位外交官朋友鼓动他去看看。拍卖会上拍卖各类属于作家和政治家个人的文本和物品。书信、明信片、情书、电报、完整的手稿、草稿、文件、照片、拜伦的一缕头发、彼得·库欣[①]在电影《巴斯维尔的猎犬》中用过的长烟斗、丘吉尔抽剩下的不是特别短的烟蒂、刻字的烟盒、有历

[①] 彼得·库欣（1913—1994），英国演员。

史题材绘画的手杖、上了年头的护身符。竞价过程中让多尔塔这个易变的买家动心的并不是一杆招人注目的手杖,而是一枚曾属于克劳利①的指环。他善意地告诉我,这位被称为"世上最大恶魔"和当时"最恶名昭彰的男人"不过是个庸常的作家,故作疯癫而已,其所有私人物品都刻有666,启示录中提到的预言之兽的记号就是666。如今,这个数字被恶魔般傲慢的摇滚乐队玩于鼓掌,好像也藏匿在许多电脑里,始终属于好开玩笑的人。活着的人根本不清楚一切有多么古老,成为新事物不易。年轻人会知道克劳利如何声色犬马和崇魔吗?肯定以为他是我们这个时代里应该得到祝福的朴实的保守人士。这个内心深处充满仁慈的男人有一次在撒哈拉沙漠的乞求魔鬼仪式中反复失手,把门徒维克多·内乌布格变成了斑马,多尔塔如是告诉我,这男人骑着斑马一直到了亚历山大港,并把斑马卖给了一所动物园。动物园对待他变成斑马的门徒时好时坏。直到两年以后,克劳利才最终准许他恢复人形,克劳利骨子里倒不乏同情心。后来,内乌布格成了

---

① 阿莱斯特·克劳利(1875—1947),把魔法理论付诸实践的仪式魔法师。

出版人。

"那是枚魔戒，目录说明里写的，刻有加斯帕、巴尔萨泽、梅尔基奥尔的白金指环上镶嵌着一块珍奇的卵形绿宝石，尽管不知道它是不是适合自己的手指，我还是像疯子一样竞价，价钱超出了我所能承受的范围。"多尔塔有兴致的时候，讲述了这一切。他高兴起来就会不知疲倦地大说特说。然后，话匣子一停，他问起我和我的生活，让我变成说话的人，与其说是我们两人之间的一次真正对话，不如说是两段连续的独白。竞买人越来越少，最后只剩下一个面孔像德国佬的家伙，他鼻尖上仿佛总有一滴马上会滚落的水滴，让人想给他一块手绢并且让他到拐角处去擦鼻子。那家伙长着獏一样的鼻子，满面怒容，穿戴讲究而且脚蹬一双鳄鱼皮的牛仔靴。你想象一下那架势，不可能不注视他，也不可能不被激怒。我加价，他也加价，我俩轮番上阵。他像机械玩具似地耸鼻子，脸部肌肉却纹丝不动。我每次加价之后用余光瞅他，会看到他貌似潮润的鼻头犹如史前红绿灯的小旗子那样耸着，有可能是出租车上的标示牌吗？总之，每次他都挡我的道，让我不得不在脑子里快速地把英镑换算成比塞塔，我陡然意识到报价超过了自己的支付能力。

"买不起？多尔塔，那枚魔戒太贵了，您戴不成。"我挖苦道。他没有那么多钱，但装作有钱，一副败家子的神情。通常他不会出于任性，就非要占为己有，至少有见证人在场时不会如此。吝啬是缺点。当然他的任性并不过头，也不像从前说的那样，由着性子大手大脚，也许是我不相信他会那样，我并不知道所有的价钱。不管怎么样，如果需要花钱买下真让他动心的东西，他是不缺钱的。

"当然，我还能把价钱再追高些。如果这样的话，过后我大概要觉得那是小小的牺牲，那些最令人讨厌的物件，就是那些令人感到卑微的小东西。在暑热天，人什么都难以舍弃。那家伙一次又一次地扬高鼻子，仿佛铁道上抬起来降下去的警示杆，直到一个和我同来的哥们拽着我的胳膊肘，按住不让我举手。'你付不起的，欧亨尼奥，你会后悔的。'他小声跟我说。其实我不知道他为什么压低了声音跟我说，那地方没人能听懂西班牙语。不过他说的是实话，所以我没让他松开手。我觉得卑微，沮丧感马上袭来，而且持续着，我不得不看着那个鼻尖挂着水滴的家伙继续举着手，用挑衅的目光朝我看，像是对我说：'我赢了，你以为呢？'他的鳄鱼皮牛仔靴立马发出噪声。接下来，他离开了拍卖会，也可能过后又回来看其他拍品,我不知道,因为加价两次之后那个离开的人是我。那是仅有的几次羞辱中的一次,维克多,还是在国外。"

他叫我维克多,没有像平常那样叫我的姓弗朗西斯。他只在感到无助或缺乏安全感时才叫我维克多。我从不叫他欧亨尼奥,不论在什么情况下都不叫他这个名字。我叫他多尔塔,不仅因为这个名字里有许多孩提时代的多尔塔,还因为那也是他母亲和姨妈们的多尔塔。由于这个儿子或外甥的邀请,我放学后在校门口以及他好几个不同的家里见过她们。时不时会从他嘴里冒出的某些句子,毫无疑问源自在很大程度上掌控了他的既老实巴交又与时代不合拍的夫人们。那些句子从他嘴里溜出来,他并不设法避免,可能还对能长久地把它们传承下去感到满意,比如像这样颇有些遗憾的口头语:"还是在国外"。

"你搞什么鬼,干吗非要那枚戒指不可?"我问他,"我希望那玩意儿现在没让你相信魔法。或是你想把谁变成长颈鹿吗?"

"不是,你放心。我一时兴起,那玩意儿让我动了心,因为它惹人注目而且挺有年头,拿出去显摆的话肯定会招来很多人问我,在酒吧里不管什么东西都能招人靠近。我要是相信魔法的话,也是相信其他人的,当然不相信自己的了。你很清楚,我这辈子没看到自己跟魔法沾过边。"他微笑着又说。"实际上,和那枚指环失之交臂时,我后悔没有以你的名义参与上一个拍品的竞价,肯定不会那么贵。克劳利的'护身符'能对性和掌控女人实施魔法,目录中是这么介绍的。你觉得怎么样?一个刻着告诫符 666 的精美的银质珍宝盒。它也被德国佬或是其他什么人给拍走了,可能只要那儿没有我竞价,价钱就会低一些。他不得不为竞得指环多破费,这让我感到安慰。你怎么看'对女人的掌控'。除了所刻的数字,上面还有 AC 两个首字母。那枚戒指该对你有帮助。"

我笑他对我总怀有善意的邪恶,言语是他唯一的武器,不需要其他方式。

"毫无疑问,两年之后,我预测过了。不过,这两方面我还没有太多抱怨。"

"哦,没有吗?告诉我,跟我说说吧。"

或许是打那一刻起我变成了最后那次晚餐上的主讲人,多尔塔兴致勃勃地听,但也有点儿蔫蔫的。他保持沉默不语的时间太久通常说明他为某件事担心或者当时对自己或自己的生活不满意，我们所有人偶尔都会出现同样的状态。但要是不严重的话就不会持续太长时间，比如未来的不确定性造成的不安或处理日常琐事引发的后悔。没有过多时间能耗在这些事情上，真正的后悔会持续并且蔓延许多时日。当一位朋友离世时，我们一定想回忆起最后一次见面时发生的一切。与之共用的晚餐虽然早已结束，却拥有了不相匹配的重要性，并且非要闪耀出不属于它的光辉不可。我们竭力去找寻它所没有的含义，竭力找到潜藏其中的标记、暗示，甚至魔力。如果朋友死于暴力，我们倾全力想知道的可能是行踪，而没有觉察到那个夜晚也可能什么都没有发生，那么一切就是假的。我记得他吃完饭后很享受地抽了几支他从伦敦带回来的丁香味印尼香烟，烟卷散发出丁香花的香气。他送我的那盒我还留着，盐仓丁牌①，红色长支硬包，有"12支丁香烟kretek"，我不知道"kretek"②的意思，应该是印尼语。警告语"吸烟有害健康"没有兜圈子，只标明"吸烟有害健康"。这警告当然不是针对多尔塔的，杀死他的是一根非洲矛。当我

---

① 原文是 Gudang Garam。
② 咔嗒咔嗒（kretek-kretek）是丁香燃烧时发出的声音。

停止讲述自己的无聊之事时，从洗手间回来的他又充好了电重新担当起谈话的主角，只是他一点儿都提不起精神。他用食指摩挲烟盒上凸起的小图，那些图案犹如金属丝弯成的曲线，呈现着铁轨沿线的风光，左侧的图是几栋充满童趣的三角形屋顶的房子，它涂成了黑色、金色和红色，或许是一个车站。

"我觉得这个夏天我不会过得很好。"他说。那时是七月末，后来我想到那个晚上他把整个夏天看成将来才觉得有点蹊跷。"对我来说会挺困难，我有点儿茫然，最糟的是本来总让我开心的事现在我觉得无聊。我甚至厌倦写作。"他停顿了一下，淡淡地笑了笑补充道，好像犯了一个不得体的错误似的。"最后一本书是大败笔，比你想象得还要失败。我正全速开始新书的写作，不该把时间拱手让给失败吧。"如果给了就是最坏的，因为失败马上会泛滥开来并会染污一切，存在的方方面面都会被染污，甚至染指到最不可能的领域，覆盖这种灾难能涉及的最大范围，如同一片血渍。尽管有人冒险，但得到的是接连两次的失败，最终还是被染脏了。有人就这么自我毁灭了。"我晚上要见个出版人，作品没有杀青时我就和他签约了。我约好了跟他喝见面酒，他途经马德里，现在让我带他散散心。这家伙无所顾忌,说话不紧不慢,但有主心骨。他找我可不是为了受惩罚,他喜欢从别人手里抢夺我。就是说,他要把我抢到手,情况就是这样。很快他就不会约我,连我的名字也会忘记。当时话是这么说的,'名字我耳熟',一个签名而已。"

对多尔塔来说,真正的夜生活从晚饭后才开始。和出版人会面以后,夜夜笙歌的帷幕才拉开,他到露台酒吧、迪斯科舞厅跟夜游神们一直待到黎明或差不多天亮时分,他渴望别人还能把他当成年轻人,这并不奇怪。事实上,他显老,我觉得如此,尽管我分辨起来挺吃力的,但认识我俩的人得知我们曾是同班同学时都颇感诧异,并不是我不显年龄。我感觉他忧心忡忡、悲观、没有安全感。也许他(的情绪)被最近的发现所左右:成功姗姗来迟而且不持久,本应越来越厚重的成功却如过眼云烟,唯一习惯的是消受那一丁点儿的惊艳。我情愿不去谈他的小说,再过两年,谁还会去读那本书,已不在人世的作者不能捍卫自己的小说,也不能继续进行推广。虽然他殒命于暴力,他的未尽之作在死后推出的初期销量却奇高,相关标题在非文学类的报刊上一连出现了好几周,那位无所顾忌的出版人急着赶着要出版多尔塔的小说。

我却不想读他的这本书了。

那些标题消失得更快。渐渐地，报刊上连小字体的相关内容也不登了，直到完全没有关于他的报道。多尔塔被人们抛到脑后，他稀奇古怪的书没有真正的价值而他的谋杀没有破案，他等于被抛弃了。那些没有进展也不再继续传播的东西注定会急速消散。不知道警方是否把多尔塔的案子归档了，我不清楚他们那套官僚程序如何运作，从第一刻起我就觉得警察对调查此案没太大兴趣，他们这帮懒人，最终的实情离他们太远，他们认为最神秘莫测、最稀奇古怪的事有一个简单的解释，即那根旅游纪念长矛。可最神秘莫测也最怪异的并非长矛，而是多尔塔身旁那个牙龈上有他精液的陌生女子，因为多尔塔是同性恋。怎么说呢？他是百分之百的同性恋。回顾过去，我觉得他自打来学校和教室的第一天就是同性恋，尽管不论是他还是我，那个时候以及之后许多年里根本不知道这个词的存在也不知道这个词的含义。可能学校里那帮好挑事打架的哥们知道同性恋是怎么回事或者直觉到更多，因此就虐待多尔塔。我敢说除了多尔塔在少年时代尝过些自告奋勇送上门的亲吻外，他一辈子都不了解女人。当大家步调一致地集体外出时，要是有什么人不合群，那是非常严重的，所有人尽力引起别人的注意，同时又互相模仿。多尔塔常常夜晚出门找寻，出入那些所有人都光临的酒吧，女人恰恰不是他的目标。他丝毫不好女色，如若被什么女人盯上或自愿投怀送抱，也不会出现例外或发生权当让自己一乐的事情。但这种情况不可能发生，即便男伴慵懒、驯服，女人们感觉得到他想要什么，没有哪个女人会感觉不到。他的死之所以骇人听闻就在于此，甚于暴力场面。他有过两三次被暴打受轻伤的经历。我认为总跟最强壮、最年轻、同时又最穷的陌生男子上床是深藏风险的。他从没告诉过我有没有付钱而我也没问过他，可能必须付钱，因为他变作一个陌生感十足的"男人"。我知道他准备礼物，而且由着性子把怪想法发挥到极致，一种比直接付现金更体贴的购买方式，源于落伍的心理，但周到温柔也理应受到尊重，这大概能容他自欺片刻。要是发现他跟任何一个小伙子在一起的话，我肯定不会觉得奇怪。对于始终构成了我们生活一部分的那个人，在一定程度上，他的死亡并不会令我们感到异常。表面的死因跟多尔塔明显配不上。那名多米尼加或古巴女子的年龄也根本不是他所喜好的，就连同样年纪的男子也未必能引起多尔塔的兴趣，因为年纪太大了。我犹豫了片刻，不知是否该把这些告诉那位询问我并给我看此案照片的警官。母亲在世时多尔塔挺谨慎。当他的姨妈们还活着时，尽管她们对此一无所知，多尔塔也颇为小心。他没有在书里特别坦白过什么，只有暗示而已。我犹豫是否把这些告诉警官。我觉得出于男性一种荒唐的傲气，相信我最好的朋友按照自己的偏好和习惯与一名女子度过了生命的最后一晚或许并不坏，仿佛这样更体面些，更应得到赞许。这种有诱惑力的想法立刻让我心生羞愧，而且不止羞愧。一想到那个女人可能如同多尔塔佩戴的眼镜，便有了感到羞辱的另一个因素——多尔塔生命的最后时光耗在一个娘们口中，不要脸的基佬。于是我告诉警官那场面不可思议，那情形难以解释，就是多尔塔跟一个女人在床上，他的精液残留在破碎牙床的缝隙或槽沟里或是宽嘴唇的皱褶中。警官瞅着我，目光流露出指责与嘲讽，仿佛当已不在这里的多尔塔不能为自己辩护也不能揭穿我的谎言时，我突然乱说朋友坏话或搅扰他，想用明显的胡诌去抹黑对多尔塔的记忆。警官戈麦斯·艾尔达跟我有着同样的男性傲气，只是他的骄傲藏匿得不隐秘。

"我向您保证，"当我的目光与他的目光相遇时，我执意说，"我朋友一辈子都没碰过一个女人。"

"那就是他死前突然想到要跟女人在一起，就算绝无仅有，试试并不算太迟。"警官冷冷地答道，态度轻蔑。他抽的香烟焦油和尼古丁含量都低，每支香烟都是用上一支的烟屁股点着的。"您跟我扯什么呢？咱们瞧瞧：我发现一哥们，他该是被谁的丈夫或是皮条客给扎死了，就因为把他们的女人或妓女带到自己家干。您却跑到我这儿来说什么基佬。少来这一套。"他说。

"这案子您就这么解释吗？被谁的丈夫或皮条客杀的吗？皮条客从何说起。"

"您不了解，嗯，知道得很少。这些家伙和大家一样有时候脑子搭错筋。忙不迭地把女人们派出去，然后一想到接下来会发生的事，他们就抓狂了，于是残忍地杀了他俩，行事极为感情用事。您说得算哪出。这案子挺清楚，您别跟我扯别的，除了那女的衣服不见了，什么都在，皮条客大概有恋物癖。我们唯一不知道的是那个嫩模是什么人，大概也不会知道了。没有证件，一丝不挂，南美人的长相，应该哪儿也找不到她的登记材料，唯一能证明她是谁的该是用长矛的那个凶手。"

"我告诉您我的朋友不可能搞女人。"警察总是让人感到害怕。我们最终像警察那样说话，以博取他们的信任，可警察说起话来像罪犯。

"您想怎么样？给我派活吗？让我钻到那些笼子一样的小破屋里缠在一起跳舞吗？中间隔着个妓女时让他们来摸我屁股吗？得了吧，我才不为这事浪费时间和感情呢。如果您的朋友是基佬，您来讲讲发生了什么。即便如此，他那个晚上肯定是跟妓女找乐子，您也看到了，这一点毫无疑问，也是偶发事件，真不体面。他一辈子其他夜晚所做的关我屁事，就当是×他大爷。"现在是我带着指责却不含嘲讽的目光注视他。这种事情他大概每天都会领教，而我不是，并且他正在说的是我最好的朋友。这个有点儿粗鲁的男人，个子高高的，罗马式光头。他迷迷瞪瞪的眼睛好像刚从噩梦中醒来似的，有时睁开，睁眼时明显是重新陷入午睡前目光突然闪出神采的样子。他察觉到了，用更和缓、更有耐心的语气补充道："那么从您的角度跟我说说发生的事情吧，讲一下您的推测，有劳了。"

"我不知道，"我说，俨然成了他的手下败将，"不过，我跟您说了，那一切看上去好像是布置过的。您应该查一查，这是您的工作。"

警官戈麦斯·艾尔达同样询问了在雪茄博物馆酒吧跟多尔塔喝过酒的那位无所顾忌的出版人，同去喝酒的还有他夫人，他们三个人在两点左右离开酒吧并相互道别。既知道多尔塔的大名也认识他本人的酒吧招待们确认了这个时间。他们在酒吧碰到了我的另一个朋友，他叫鲁伊贝利兹·德·托尔斯，是多尔塔介绍我认识的，但等他约好的两名女子到酒吧前，他跟多尔塔他们只不过聊了五分钟而已。他也看到他们两点走出旋转门，还跟他们挥手告别。他告诉我，那个出版人一副呆相，但他夫人很和气，多尔塔几乎一言未发，这很奇怪。那对夫妇在格兰大道叫出租车回了酒店，但他们担心多尔塔，因为多尔塔跟他们说要步行去别处，去附近一个地方，他俩看着他往上走，朝电报大楼或者卡亚俄方向走，他们巴塞罗那人觉得那段路上到处挤着不三不四的人，连挪动两步都不可能。一丝风也没有。

去酒店询问纯属惯常程序，工作人员确认了出版人和他夫人回酒店的时间是两点一刻左右，这有些可笑，纵使他无所顾忌也不大会到这种程度。多尔塔的被杀时间是五点到六点之间，令人难以置信，一如他最后这桩风流韵事。我自行去问多尔塔不多的几个我并不太了解的朋友，那种一起胡闹、去情色场所的朋友。那天晚上他们没有一个在那些惯常去的欢场、被多尔塔称为"乐之旅"的地方碰到过他。他们也问过这些地方的服务生,后者称并没见过多尔塔。要是整整一夜连一个欢场都没去过,那也够不同寻常的。也许的确是一个特殊的夜晚。也许他在街上未加思索就跟不相干的人混到一块了。或许他被绑架了,并被胁迫着回到家。然而除了那个女人的衣服,什么都没被拿走,那个女人或许是犯罪团伙的。持长矛的人。他不知道想什么,因此想出来的挺可笑。戈麦斯·艾尔达或许有道理,没准儿多尔塔本想找个绝望的妓女,初次为娼的,一个四处找钱的移民,可丈夫不同意她干这个行当而且怀疑她会干。问题在于运气不好,而且简直糟透了。

警官把我粗粗看过的照片指给我看,除了房间的照片外,还有两张特写,分别是每具尸体的,电影里叫双人近景。那个女人的双乳外形诱人,看上去特别柔软,柔软又坚挺,触觉最终会和视觉相融合。有时候人们会把看到的东西等同于触摸过的东西,以此刺激感官。双目紧闭,表情痛苦的她看上去挺漂亮。但就一名裸体女子而言,漂亮不一定属实,必须看到穿衣服的她才行,即便是海滩上那种遮挡极少的打扮也能知道到底漂不漂亮。她鼻翼张得老大，短短的圆下巴，脖颈修长。我匆匆瞄过那六七张照片后，大胆向戈麦斯·艾尔达讨要一张女人的特写，警官疑心重重，很惊讶地瞧着我，仿佛我发现了异常。

"你要照片干什么？"

"我不知道。"我茫然无措地答道。我的确不知道要干什么，也不是想多看几眼她的惨状：一具血肉模糊的尸体，一个窟窿，密匝匝的睫毛，痛不欲生的神情，柔软却无生气的乳房。丝毫没有愉悦感。不过，我觉得自己希望保留一张她的照片，或许以后想看看，可能是在几年之后。不论怎样，除了凶手，她毕竟是最后看到多尔塔活着的人，并且她曾在近处看到多尔塔。"我想要。如同微不足道，甚至可笑的证据。"

这下戈麦斯·艾尔达瞪大了火眼金睛中的一只，但只保持了瞬间就重新变回睡眼惺忪的模样。我觉得他大概正琢磨着我是不是头脑有病，是个病人，不过他可能理解我的请求和心愿，毕竟我们有着同样的傲气。他站起身来对我说：

"这是要存档的材料，要是给你一份影印件的话，完全不符合规定。"可他边这么说着边把照片放入他办公室的复印机里。"不过，您可以趁我出去的工夫，趁我不在时复印一份,我并不知道。"然后他把不太清楚、有些模糊的影印件递给我,反正至少是复印件吧。影印件大概只能保持几年而已,最后就会花成一片,人们觉察不到它逐渐变白的过程。

如今,两年过去了。那个夜晚只在多尔塔死去的头几个月里持续在我脑海里打转。与健忘的电视、没有耐心的报纸的幸灾乐祸及狂怒相比,在我心里停留更久的是那件令人毛骨悚然的事。当没有帮助,也没有进展,而媒体连通告的作用都起不到时,就没多少可做的了。并非我需要多尔塔,但他在我记忆里丝毫没有褪色——我没有一天不思念童年的朋友,每时每刻都思念他,任何原因都不能阻止我,偶然变故让我们无法见到朋友,却不能让我们不再挂念他们。有时候,我相信这种事不仅是偶发的,而且没有重要性,习惯和积聚的一切足以一直强化已存在的感觉,而且那种感觉不会消散,我怎么可能不思念呢?不过,如果不把死亡梳理清楚,或者还去渲染从前的一切,结果当然会不见踪影。结果会浮出水面的,但不是以特写聚焦的方式。头几个月并非如此,当噩梦连连且每天都顽固地从一模一样、犹如猜想的情境开始,而那是已发生的事,一个人在刷牙或刮胡子时意识到:"我真傻,这怎么是真的。"我反反复复想过最后一次晚餐时的对话，重复之刃最终让我明白赋予每一个细节以含义的这段日子毫无意义。尽管多尔塔会装得怪里怪气地自娱自乐，但他不相信任何魔法，也不相信超越死亡或任何运气，他并不比我超脱，而我几乎什么都不信。伦敦拍卖会上的故事纯属传闻，如果有时候我感到怀疑，那么立刻就能看得一清二楚，他喜欢这类事情或者他喜欢这么做只为了过后讲出来，讲给我或其他人听，讲给把他当成偶像崇拜的无知者或是跟他交往的女性，因为他知道这样能让别人开心。为了那个有怪癖的恶魔克劳利的魔戒在拍卖会上竞价不过是验证，与一封王尔德或狄更斯或柯南·道尔的亲笔书信相比，为那个物件费心思更吸引人。一匹斑马。此外，他未能把那枚戒指带回来，最荒谬的莫过于那个玩笑可能让他多出一大笔意料之外的开销。或许穿牛仔靴的德国佬根本就不存在，是他想象力太丰富了。即便把祖母绿宝石的价钱抬高，也不至于联想到遭遇追踪或邪教组织，也不会联想到对图坦卡蒙法老的复仇，一切都有限度，无法解释的事情也有。

又过了两个月，当媒体已对此事兴趣索然、警方是否还有兴趣也让人拿不准时，我突然想到一种可被接受的可能性，我不明白为什么自己之前没有想到。我打电话给戈麦斯·艾尔达，告诉他我想见他。我觉察到他厌烦了，试图让我在电话里跟他说明，因为他时间安排不过来。我坚持要当面说，于是他让我转天上午去他办公室，他提醒我只有十分钟，他可没闲工夫去听让他生活复杂化的假设。他还警告我，无论怎样，他都会对猜测持怀疑态度。对他来说，案情清清楚楚，唯一难办的是怎么找到那个行凶的投矛者。长矛上有很多指纹，其中肯定有我的，几乎所有到多尔塔家的人，只要看到门厅伞桶中高耸的长矛就会去触碰它，拿起来掂量掂量或是挥舞一番。警官的气色看上去健健康康，还长出不少头发，我不知道他是趁着八月假期植了头发，还是罗马式的发型显得头发蓬松又有文艺范。我跟他说话时，他双眼无神，瞳孔从眼皮下面透出来，好似一头困意十足的野兽。

"您看，我不是特别清楚我朋友的行踪，他有时跟我大致说一点儿但不涉及细节。我不排除的是他付钱给几个有来往的小伙子。看来他时常会跟一些自诩是异性恋的'小鲜肉'交往，这些男孩把接受多尔塔馈赠的旅行当作例外或者嘴上这么说，可同时他们又坚持表示喜欢女人。那天夜里，我的朋友可能看上了一个小哥，那家伙告诉多尔塔要么给他找个女人要么什么都别干。我能想象朋友把小哥塞进出租车，然后车子慢悠悠地沿卡斯蒂亚纳街行驶。我甚至看到他开心的样子，问小哥觉得这个或那个站街女如何，他自己也评头论足，如同周六夜晚的两个嫖客、两个找乐子的冒险者。最后他们相中了那个古巴姑娘，于是三个人一起回家。小哥执意让多尔塔跟那姑娘做爱，他则观看。由于性取向，我的朋友尽管轻信却不是没有底线，他被动地任凭姑娘折腾他，他所做的一切都是为了取悦那个男孩，以期稍迟一会儿自己也能快活快活。轮到小哥的时候，他歇斯底里发作，变得残忍暴力，去拿那把他挺喜欢的进屋时看到的长矛。也可能由于多尔塔本人的建议，他们已经把长矛放在卧室里了，为了让小哥把长矛用作道具摆出雕像的姿势，他们喜欢这样的游戏。虽然他们都同意玩这种圈套式的把戏，却杀死了两个人。人们经常后悔，不是吗？已经没有回头路时，他们反悔了。您该了解类似的案子。这些是我想到的，我觉得可能如此，大概可以解释一些联系不起来的事。"

戈麦斯·艾尔达还是睡眼惺忪，浑身懒洋洋，讲话的声调充满愤怒和轻蔑：

"您算什么朋友啊？您打算怎么攻击他？只想往他尸体上浇粪还是什么？编出这种故事来，您头脑有病吧！"他说。不是我见多识广，而是警官丝毫不了解实际情况和通常只会发生在夜晚的交易。苛刻的要求。我想，他的傲气该比我的单纯。"可即便是残留的大粪对我也毫无用处。您需要了解我们这些天刚获知的一个情况：您的朋友确实上了一辆出租车，这辆车载着他回到家，不过陪在他身边的只有那个妓女。他们两个在车上就不知廉耻地缠在一起，那娘们袒胸露乳，你的朋友调戏她，这些是那个出租车司机说的。出租车司机在报上读到这则谋杀案并看到多尔塔的照片后，就来说明情况了。这样看来，用矛刺杀他们的应该是后来者干的。皮条客跟踪婊子或是丈夫跟踪妻子，或者两者是一回事，丈夫是皮条客，妻子同时是妓女。我已经把这些告诉他了。"

"或许他早就在家里了。"我答道，被不公正的苛责惹火了。"或许，因为他们耍得毫无效果，那个小哥就强迫我的朋友一个人出门去寻找女色，然后给他带回家。"

"哦，那您的朋友就自己去街上转悠，把小哥一个人留在家里吗？"

我陷入思考。多尔塔谨小慎微又多疑。可能有个晚上冒傻气，但不会傻到取悦一名会把自己家洗劫一空的男妓的地步，更不用说为他找婊子。

"我觉得不会,"我气急败坏地回答,"我怎么知道,可能同时招男妓,到家后打的电话,报纸广告栏里充斥着能随时提供服务的应召男女。"

戈麦斯·艾尔达现在瞪大了一只眼睛,显得烦透了。

"哦,那娘们来干吗呢?您倒是说给我听听。为什么把她带回家?您干吗非要把错推到基佬头上不可。他们做了什么您非要反对不可?"

"我从来都不反对。我最好的朋友正是您所说的这类人,我想说的是他打过不少这样的电话。您信不过我的话,就去问问别人。问问作家们,他们都是些喜欢嚼舌头说三道四的人,他们会告诉您的。也到贫民窟去问问,那也是我朋友的目的地。我一辈子都捍卫他。"

"真让人难以相信您是他的朋友。况且我跟您说过,我只对他生命的最后一夜感兴趣,其他一概不管。唯一轮到我管的只有最后一个晚上。行了,您走吧。"

我朝门口走。当手已经搭在门环上时,我回过头去问他:

"是谁发现尸体的?夜里发现的,对吗?第二天夜里吧。什么人进了他家?为什么没人去?"

"我们进了他家,"戈麦斯·艾尔达说,"有个听上去像男人的声音通知我们的，他告诉我们在他家有两只死了的野兽正在腐烂。两只野兽，他就是这么说的。兴许丈夫想到身体开了花的娘们四仰八叉地躺在那儿却无人知晓，他就痛苦，伤感之情涌上心头。电话接通后他立马就挂了，没什么用。"警官旋转了一下座椅，把后背冲着我，仿佛用他的回答把对我的接待画上了句号。我看到他宽宽的脖颈时，他又对我说："走吧。"

我不再翻来覆去地思考这件事了，我觉得警方根本没有做任何调查。两年时间里我没有为此事伤脑筋。直到眼下，这天我约了另一个朋友鲁伊贝利兹·德·托尔斯一起吃晚饭。他跟多尔塔很不一样，我和他没有那么久的交情，他总是和对他好的女人在一起。他不懦弱，更不忍气吞声。我跟这个厚脸皮的人相处得不错，尽管我知道有一天他会让我成为千夫所指的背信弃义之人，而我们的交情也将就此打住。马德里的任何风吹草动他都知道，他东窜西窜，认识或是想法子认识打算认识的人，人脉极广，但他唯一的问题是把坑蒙拐骗的能力和欺诈的愿望都写在了脸上。

我们在宽餐厅的夏季露台面对面坐着用餐，鲁伊贝利兹的头和身体挡住了后面那张桌子，直到坐在他身后，也就是正对着我的女食客俯身去捡她身旁的纸巾时我才注意到这个女子。因为女子抬手去拿甜食，从而带动空气轻微流动，所以纸巾飞了起来。她朝左边探身时向前面看，就像我们去捡拾手够得着的东西而且确切知道掉的位置时所做的那样。她以为捡到了但其实并没有，因此手指不得不摸索试探了好几秒钟，她的脸一直冲着我们这边，我想说的是她朝我们这桌看，我觉得她双眼并没有盯住任何目标。仅几秒钟工夫而已，一秒、两秒、三秒、四秒，可能五秒吧，时间足够让我看到她的脸和因找纸巾或是恢复本来坐姿微微用力时拉长的颈子。舌尖从她唇缝间露出来。她脖颈特别长，也可能因为夏天衣服的领口开得低所以显得长。女子长着大嘴巴、高颧骨、圆圆的短下巴、宽宽的鼻翼，睫毛密匝匝的，眉毛像是画出来的。肤色黝黑，可能天生如此，也可能是因为游泳或在海滩晒出来的，这一点仅靠第一眼是难以说清楚的。我遭遇第一次目光碰撞时，有时如同爱抚，有时却是实实在在的撞击。她乌黑的鬈发披散着，是美发店打理出来的。我看到一根项链或是链子。隐约看到方领口，连衣裙的吊带贴着双肩，裙子和吊带都是白色的，我听到手链的声音。我看到最少的是她的眼睛，难道因为从来没有在照片上看到那双眼睛我就忽略了？照片上的双眼紧闭，呈现出死于巨大伤害的痛苦神情。的确，女人们在夏季比在冬春季更相似，对欧洲人来说美洲的女人更是如此。她们在我们眼里似乎都是一个模子里出来的，夏天尤其分不清，特别是在有些夜晚更难分辨。可她真的像。这都是赘述。我知道得很清楚：一个有血有肉活蹦乱跳的女人和纯粹是警察局的一张照片影印件之间的相似；靓丽肤色和模糊不清的黑白色之间的相似；爽朗大笑和丧命凝滞间的相似；晶莹的牙齿与不忍直视只能被描述成七零八落的牙床；穿着衣服叫人看着不难为情的女子和光溜溜惨不忍睹的尸体；活生生的女人与死去的女人；夏衣的开敞领口与胸口上的一个窟窿；零星话语与四分五裂的嘴唇带来的永久沉默之间的类似；睁大的眼睛和紧闭的眼睛之间。多么美好！即便如此，她还是像，太像了，以至于我无法移开自己的目光。我立刻把椅子往右边挪，就算这样我看到的也只是她的一半，而且还不能一直都看到，因为被鲁伊贝利兹和她的同伴遮住了，他们两个动来动去的，为了能没有障碍还能每时每刻都看到她，我只能换位子。我借口空气令我不舒服，就坐到鲁伊贝利兹的左侧去，把甜品盘子、我的餐具和杯子都挪过去了。鲁伊贝利兹马上便意识到了，对他不可能掩饰太多，我知道这种情形他能理解，于是告诉他：

"我被那边的一个女人迷住了，简直无法呼吸。虽然我的要求有点儿过分，但我让你回头时你再回头，好吗？另外，我提醒你一件事，如果她跟和她一起用餐的男人起身的话，我立刻就跟着他们离开。如果他们不走，我就一直等到他们离开时再跟着他们。你如果愿意，就陪着我。要是你不想待在这儿，咱们就埋单。"

鲁伊贝利兹装腔作势地用手指梳理头发。知道有个漂亮迷人的女人在旁边足以让他释放更多的男性荷尔蒙，他显得越发傲气自负。尽管他并没有看到她，而她也没看到他，一切都有些像动物的发情，他的小弟弟鼓胀起来。

"有那么好吗？"他问我，脖子不安稳地往后扭。从此刻起不可能再谈其他事了，是我的错，我没能把他的眼睛从那个姑娘身上挪开。

"可能对你而言没那么好，"我答道，"对我的确没治了。值得这么做而且值得付出更多。"

眼下我看到她同伴的半个侧脸，那是个五十开外的男人，看上去像个粗鲁的土大款。如果她是妓女的话，那么这哥们根本没玩过而且不知道自己本可以跳过露台晚餐这一步，快些达到目的。如果她不是妓女，共进晚餐还算合情合理，不合理的恐怕是这女人怎么会同意跟一个如此没有吸引力的男人出门，尽管对不正当的男女关系和爱情，女人有时靠迷恋程度做决定；照我看其原因始终是个谜。能肯定的是他们没结婚也没订婚，两个人之间什么关系都没有，我想说的是，根据那种老掉牙的表情，显而易见他们还没上过床。那哥们为了显得风趣和殷勤，周到得过了头——随时给她的酒杯斟满酒。为了不陷入静默一直保持交谈，他闲扯各种轶事或看法。他用一个防风打火机给她点烟，无火苗的那种，跟车载的一样。如果不是有所图的话，西班牙人不会做这些事中的任何一件；但如果有所图的话，他们则不在意。

越是看她，我最初的确信却越少。跟所有情形一样，不确定性持续蔓延，直至不能确定，结论到来时通常为时已晚。我觉得随着时间分分秒秒往前推移，这个活着的女人的形象限制了死去的形象，挪移了死去的她或是让死去的她变得模糊不清，因此能接受的差异总是更少，能接受的类似则更少。她的行为举止自然像个轻浮女子，但并不意味着她必然是这种人。对我而言她不可以是妓女，开了一整天的灯和电视，残留在她嘴里的精液和她胸口上的窟窿，种种惨状还是占了上风。她不值得杀。我看她的胸，看着她的双乳，出于习惯而看，同时也因为我对被害女子的了解，除了脸部，我了解最多的就是这个部位。我试图能从这个部位认出什么，却做不到，那里有内衣和衣服罩着，尽管在领口处可以窥到乳沟，但袒露得适度，并不夸张。必须看到那对乳房的肮脏想法闪电般袭过我的脑海，如果看到没有遮掩的胸部，我肯定认得出来。这当然不是什么容易的事，在那个晚上就更难，她的同伴大概怀有同样的企图，大概不会给我腾地方。

突然，我闻到一股甜腻柔和的气味，一种不会和其他香味混淆的味道，我不知道是不是第一次因为气流方向的改变把气味带了过来，风向骤变抑或是我们邻座有人抽了第一支丁香味的香烟，好烟既不同于咖啡也不同于美酒，有人给自己点了支烟。我快速地看那男人的双手，看见他的右手正摆弄着打火机。女子的左手倒是有支烟卷。男子又抬起左臂跟侍应生做了要埋单的手势，他的手是空的，那么那一刻的异域气味只能源自她抽的香烟，她抽的是印尼盐仓丁，缓缓燃烧之际发出噼噼啪啪的声响。两年前我有过一盒，是从多尔塔那里接受的最后馈赠。我曾让那盒烟留存时间长些但没法特别久。给我烟的一个月之后，他让我把烟抽完。我抽最后一支烟时想着多尔塔。好吧，我抽每一支烟、抽整盒香烟时都想着他，我留着红色的空盒子，盒子上印有"吸烟有害健康"的字样。如果她手头的丁香烟也是我朋友多尔塔在送给我的那个夜晚送给她的，果真是她的话，怎么可能留这么长时间呢？存两年的话，丁香烟早就干成锯末了。一包打开的香烟，那种气味挺冲的。

"你闻到我闻到的味道了吗？"我问鲁伊贝利兹。他显得不耐烦了。

"现在我能看她一眼吗？"他说。

"你闻到那股味道了吗？"我又问。

"闻到了，不知道谁燃熏香还是其他什么，对吗？"

"是丁香。"我答道。

添加了丁香的香烟。那男人对侍者做出的手势让我对同一名侍者也做出同样的埋单手势，并做好了那对情侣起身的准备。只是在那个空子我才让鲁伊贝利兹回过头去看。他转过身来，决定陪着我。我们离着几步距离跟着他们，我头一次看见那女人站着，她着短裙，穿露脚趾的鞋子，脚趾甲涂了指甲油。跟着他们的几步路里我也听到了她的名字，这个名字不管是我还是警官戈麦斯·艾尔达都没听说过，谁知道多尔塔是不是知道?"埃斯特拉,该看看你扭得有多迷人!"那个粗人对她说,他的这番评价够实在,其中更多的是仰慕而非奉承。我跟鲁伊贝利兹分开了片刻,他去取车,为了在那两个人上自己车时开过来接我,他们不是乘出租车的那种人。当他们上了车后,我钻进我们的车里并且保持很近的距离跟着他们的车。路上的车虽然不多,但数量足以不让他们注意到我们的车。

要去的地方很近,他们到了城市里一个别墅区所在的土库曼鱼雷大街,寄信的话这是个挺搞笑的地址。他们停好车,进了别墅群中的一栋。那幢三层楼别墅的灯都亮着,仿佛有许多人在里面,他们可能是来参加聚会的,晚餐后的聚会,要达到上床的目的实在需要不少前戏。

把车停好后,鲁伊贝利兹和我没有马上下车。从车里我们只能看到灯光,大多数窗户的卷帘都卷在一半的高度,还有一层风吹不动的薄窗帘。本应该挨近最下面一层的某扇窗子,贴着沟槽往里面窥探,可能最后我们得这么做,我快速寻思着。不过我们立马发现那不可能是什么聚会,因为既没有音乐声也没有乱七八糟的交谈声或者从那几扇敞开的窗户传出来的哈哈大笑声。只有三楼两个房间的卷帘没有放下来,屋里除了落地灯，看不到一个人，墙上既没有挂画也没有搁放书籍。

"你怎么看？"我问鲁伊贝利兹。

"他们应该不会待很长时间。这地方没什么私密的娱乐，他俩不会一起过夜，不管房子是谁的，至少不会在这儿过夜。你看到谁开的门吗？他们有钥匙还是敲了门？"

"我没注意，不过我觉得他们是没敲门直接进屋的。"

"房子可能是他的，如果是这样的话，她过两个钟头就会离开，不会逗留更长时间。房子如果是她的，那么将要离开的会是他，逗留时间则会更短，估计一个小时左右。这可能是家按摩店，现在喜欢这么叫这种地方，那么要离开的也将是他，不过半小时到四十五分钟就该走了。最后，别墅里可能有几场集体赌局，但我认为没有。唯有赌局，他们才有窝在这里过夜的可能，输了钱想再赢回来。我并不认为这是她的家。不，不会是她的。"

鲁伊贝利兹对这个城市了若指掌，他有探听的习惯，也有观察力。用不着问太多问题他就有能耐查清一切，或是打两通电话便能找到想找的人，或是过后通过他的联系人做成许多事。

"为什么你不帮我查查这栋房子？我在这儿等着，防止他俩或其中一个意外离开。你费不了几分钟就能知道这房子的情况，我肯定，可能看一眼街道指南就清楚了。"

他盯着我，古铜色的双臂还搭在方向盘上。

"这娘们怎么了？你有什么企图？我不觉得她有多好，不过可能确实不赖。"

"对你来说也许不够好，我已经告诉过你了。让我看看今天晚上会发生什么，然后找一天我把事情的来龙去脉告诉你。我至少得知道她待的地方，她在哪儿住或者今天晚上在哪儿睡，睡她一次的价码。"

"你已经不是头一次让我等着听故事了，我不知道你是否知道。"

"不过兴许这是最后一次了。"我回答他。如果我马上告诉他我觉得看到一个死人变活人的话，他可能不会帮我，这种事让他紧张，就像通常我自己的反应，我们几乎什么都不信了。

我下了车。鲁伊贝利兹开车去查房子的情况。那个区域既没有商铺也没有电影院和酒吧，一处林木葱郁却百无聊赖的住宅区，几乎没有照明的灯光，根本没有任何可用来遮挡的物体或是等人时能分分神的东西。要是这里的住户看见我的话,毫无疑问,一定会把我当成流窜抢劫犯。我没有任何理由站在那儿,就自己一个人,沉默不语地吸烟。我走到对面人行道看看能否从这一侧看到别墅的楼上有些什么,这一侧是唯一有大玻璃窗的地方。我看到点什么,但一闪而过,不是埃斯特拉,一个大块头的女人走过去旋即消失了,几秒钟后她又往反方向走,再次消失,跟踪她的脚步简直快把我的眼睛弄残了。她从房间出来就关了灯,好像进屋取了什么。我又回到刚才的人行道,像小偷那样沿着前面的栅栏门边沿悄悄地凑近。我推门,门开了,门其实开着。有聚会或是人来人往的地方会这样留门。我往前挪移,特别小心翼翼,要是脚下踩响了沙子我就不能待在那儿了。我慢慢凑到底层的一扇窗跟前,从我的角度看,窗子是在大门左侧。这个房间几乎跟其他每个房间一样,窗子的卷帘垂落下来,已凝滞的热气能透过沟槽钻进去,就是说,房子的构造不太结实。卷帘后有静止不动的薄窗帘,这个房间里应该有空调,否则里面一定像桑拿房那么闷热。人预料得到自己可能跨出去的步伐,可最终迈出去时经常并非心甘情愿。仅仅因为存在可能性并且我们突然起心动念,许多行动便付诸实施并发生了许多谋杀案。有时候念头引发行动，仿佛承受不住念头的纠缠，不把它变成事实就没法活下去，仿佛如果存在一种可能性却不马上采取行动的话，可能性就不能持续存在下去且会兀自消散。就算我们觉察不到，可能性也会这样自行消散并无影无踪，那么，可能性将不再是可能性，而是变成过去。我的处境是我在车里时预见到的：双眼紧贴着视线所在高度的那道缝隙去窥视、细查，试图通过极窄的空间并透过造成阻隔的白色透明布幔辨识出些许。房间里只有一盏低矮的灯散射出光，大部分空间一片昏暗。像竭力要去解读重要资料中避免让我们知道的一段历史，我们只了解零星细节。我视线模糊，想法极其有限。

可我觉得看见他们了，我的确看见他们了，他们俩——埃斯特拉跟那个粗鄙的男人，一个骑在另一个身上。在光线能照到的范围以外，我看到他们的前戏止于一张床、一张垫子或地上。起初，根本分不出谁是谁，只有两团缠绕在一起的暗黑肉体。那边有光溜溜的身体，我自言自语。那个女人露着我需要看到的双乳，或许没有赤裸着，或许没有，可能还戴着胸罩。有动作或许是挣扎，不过，几乎没发出什么声音，没有哼唧声也没有喊叫，没有快意呻吟也没有笑声，如同在正经默片影院里从未看过的一个默片场景，皱一下眉又更加投入地进入下一个新流程，即性交，肉体的用力令人窒息，投入到真正的念想中。不仅她没有欲望，他也百无聊赖，但很难说一个流程在何处中止而下一步从何处开始，或者哪个是流程的上一个步骤哪个是下一个步骤。因为昏暗加上窗幔的遮挡，怎么可能不把一个年轻女子的欲望跟一个粗鄙男人的欲望混淆起来？戴着帽子的头部和上身突然清晰地升起来，它们再次消隐之前醒目地出现在有光线的地方。那哥们为了云雨一番提前准备了一顶牛仔帽。我的天啊！我想，太离奇了。由于在上方的是他或者说他在上面，当他抬起身时，我觉得也看到他没有曲线的深褐色宽大躯体，这哥们毛发浓密，蠢笨不养眼。我把视线放到卷帘叶片下面一道缝隙，看看在这个高度能不能窥到那女人和她的双乳。然而，在那儿一切都消失在视野之外。于是，我又把眼睛放回到上面一道空隙，期待他可能累了，想下来休息。不知道那地方是床、垫子还是地面，这着实奇怪，更奇怪的是声音的消减，一种如同被反冲力消减器过滤后的寂静。接着，我发现他们暂时变成的那只冒汗的双头兽干劲十足。我想，他们将改变姿势，将互换位置让这一步持续更长时间，既然其中的元素实际上没有变化，它同时也是另一个步骤。

听到门锁响，我就往左边躲藏。当一个女人跟那些正要离开的人道别的声音传来时（再见，好像墨西哥女人那样的道别），我得以绕到房子拐角。一位我见过面的文学评论家，他有张犹如崇高要人的脸孔，穿一条如同郊游者所穿的蠢笨的红裤子，多滑稽可笑的一秒钟啊！那如果是家妓院的话，我毫不奇怪其中的一位肯定来找过姑娘，每次都付钱。另一位如小丑般猥琐的哥们，戴着眼镜，打着领带，花白头发剪成平头，脑袋像枚倒置的鸡蛋，还有张爬行动物的嘴巴。黑魆魆的街道冷冷清清，他们得意洋洋地走出来，目中无人地敲打栅栏门，大概以为没人会看到他们。第二个哥们有加那利口音。第三个可笑之人，冲他那副德行就知道是个冒牌皮条客。当我已听不到他们的脚步声时，我返回原先贴近卷帘的位置，估计时间过去了两分钟、三分钟或四分钟，眼下那男人和埃斯特拉已不再缠绕一处了，他们的姿势没变，只是停滞了，完事了或是暂停一会儿。那男人站立着或是双膝跪在垫子上，光线在他身上流泻。她斜靠着或是坐着，我看到披散在她后背的长发，照亮她的光少些。粗鲁的男人用两只手抱握着她的头，把它稍稍旋转了一点儿。于是，我看见了他俩的面孔。看到他站着,他毛发浓密身躯和滑稽的帽子。我觉得他开始用两个大拇指按压埃斯特拉的脸,两个拇指的力度肯定不小,看上去像是抚摸她其实却让她难受,如同要削去她的高颧骨或是给她进行一次苦不堪言的按摩,男人每按一次下手都更重。他硬生生地把她的双颊往里推,仿佛要让它们陷进去。我惊骇不已,某一刻感觉他会杀了她,但又不可能杀了她,因为她已经是死人,还因为我必须看到她的双乳,我还要跟她谈谈,问问她有关那根长矛或者那个窟窿的事。被移除的武器已经不在她身体里了,而我朋友多尔塔身上沾着埃斯特拉留在长矛上的血。那男人不再使劲,松开手放了埃斯特拉。男人按压自己的指关节,发出"咔咔"的响声,他嘟哝了几个词后抬脚走了。或许他什么也没说,或许只是那种男人对只要他们想便能伤害到的女人所做的提示。他摘下帽子,像是对他毫无用处那样把帽子往地上一扔,接着开始在一把椅子上找他的衣服。要走的人该是他。埃斯特拉自己躺倒,一动不动地待着,不像是被他伤害到了,或者这女人习惯受到暴力攻击。

"维克多。"我听到鲁伊贝利兹从栅门另一侧轻轻叫我的声音。我既没有听到他来的声音也没听见他车的声音。

我正对着别墅,视线不太容易转移。我像进来时那样蹑手蹑脚地走出去找鲁伊贝利兹,我拽住他的一只袖子把他往另一条人行道上拖。

"怎么样?"我问他,"你打听到什么了吗?"

"跟预想的一样,是全天开放的妓院,报上有广告。欧洲、美洲和亚洲的超级女孩,还提供其他服务。我要提醒你一下,这儿没几个婊子。黄页电话号码登记在卡尔萨达·费尔南德斯-莫妮卡名下。如果卡尔萨达没出来的话,要出来的该是他。

"他应该马上出来,他们已经完事了,他正在穿衣服。走了几个嫖客,是文学圈的人,他们会相信战斗和文字,"我对他说,"我要先离远一点儿,等他一出来,我就进去。"

"你说什么,你在那个没教养的家伙后面排队,你疯了?你看上那娘们什么了?"

我又拽起他的袖子把他朝更远的方向拉,在一棵树底下停住。这样,从别墅出来的人就看不到我们了。邻人的懒狗吠叫了几声,很快就悄无声息。那时我才回答鲁伊贝利兹。

"你所认为的我都没想过。不过,今天晚上我必须看到她的胸,这是唯一要做的。如果她是妓女,那再好不过,我付钱给她，我要仔仔细细查看她的乳房，我们可能会聊一会儿，然后我就走。"

"'我们可能会聊一会儿，然后我就走。'这话连你自己也不信。用不着那么投入，不过干吗只看不干。她胸上有什么？"

"什么都没有，我明天告诉你，因为可能也没什么好说的。如果那家伙走，你愿意开车跟踪他，挺好。不过我觉得跟不跟都无所谓。如果你不继续跟下去，那就先谢谢你的调查，现在你别管我了，我自己想法子。但你别介意。"

虽然有最后那句客套话，但鲁伊贝利兹不耐烦地瞅着我。不过他通常都会容忍我，毕竟我们是朋友，忍到不再做朋友为止。

"我不在乎那家伙，我也不在乎她。你如果想好了，就留在这儿，明天再跟我说。行事可要小心，你不怎么来这种地方。"

鲁伊贝利兹走了（再见，也许他不会再一次从所在的地方到我这儿）。当我推开别墅大门时，听见他汽车引擎远去的声音。我看到那个糟爷们已经出了院子，我的确听到了栅门被推动的声音。他疲惫地朝着和我相反的方向走，结束了他造作又使了大力的夜晚。当去找车的他消失在黑黢黢的树丛中时，我已在他背后前行。他行事十分急促。即便如此，我在推开栅门前还是等了几分钟，就又抽了支烟。他们云雨之后，那房间里的灯还亮着，还是那盏灯，卷帘垂落下来，帘子间的缝隙闭合着，并没有立刻通风换气。

我按门铃，是老式响铃，而非门钟。我等待，等待着。来给我开门的是个大块头的女人，我曾见她在三楼出现过。她就像我们小时候的姨妈，多尔塔的或者我的姨妈，从六十年代走出来的，粉扑扑的妆容，金黄头发还梳着一成不变的飞机头发型，就连卷发夹也没变。

"晚上好，有什么事吗？"她问我。

"我想见埃斯特拉。"

"她正在冲澡。"她答得很自然。只是要炫耀一下自己惊人的记忆力，她一点儿都没犹疑，紧接着就问："您以前没来过这儿？"

"没有，一个朋友跟我聊起过她。我路过马德里，朋友告诉我埃斯特拉不错。"

"好——嘞，"她还算克制地拉长元音，她有加利西亚口音，"行，看看能做点儿什么。反正您得等一会儿。"

"您请进。"两只相对而放的沙发摆在光线昏暗的小客厅里，玄关紧挨着客厅。墙壁空荡荡的，没有一本书也没有一幅画，只有一张粘在厚板上的巨幅长形图片，就像以前挂在机场和旅行社的那种。图片上是一片白花花的摩天大楼，不容置疑地印着"加拉加斯"的字样，我从没去过加拉加斯。也许埃斯特拉是委内瑞拉人，那一刻我想，可是委内瑞拉女人的胸部通常都很坚挺，可能名声与实际情况相反。或许并非埃斯特拉，她可能不是死者，而一切只是夏夜狂饮后的幻象，由燥热和太多加柠檬的啤酒造成的，但愿如此，我想。时间打磨出的故事已不必更改，尽管在适当的时候不用解释就会吻合——故事本身刚刚给出了曾缺少的解释。这就是故事，在时间的长河中被接受。我坐下，莫妮卡大妈把我一个人扔在那儿。她说："我去看看她要多长时间。"我等着她回来，很清楚心里盼着的人现身之前会先看到这位跑前跑后的女士。然而，并非如此，大妈耽搁了，她没有回来。我不想再等了，想径直去找那个妓女正在洗浴的卫生间，我闯进去，但这么做大概会吓着她。我抽完两支烟的工夫，她凶巴巴地从楼上冲下来，头发湿漉漉的。虽然穿着浴袍，脚上却套着外出的鞋，涂了指甲油的脚趾露在外面，松着的鞋扣则是她也掌控自己双脚的唯一标志①,肉体重又属于她自己了。浴袍不是黄色而是天蓝色的。

"您着急吗?"她直截了当地问我。

"十万火急。我无所谓您能不能明白,过一会儿就能明白,是您该给我说法。"她注视着我,丝毫没有好奇心,不像戈麦斯·艾尔达那样,她并不什么都看,但的确如同某些人,对自己的境况并不一惊一乍。她是有缺点的美人儿,或者说虽不完美但很漂亮,至少是夏季美女。

"你希望我穿好衣服还是就这样?"她转而对我以你相称,可能知道我的迫不及待后觉得有权利这样做。穿上衣服是为了脱,我想,万一我想看后一种。

"就这样。"

她没再多问,用头示意我去底层的一个房间。她像去找打印机的办公室女职员那样,抬起脚就朝那里走,她推开房门。我站起身,紧随其后。她大概觉察到我模棱两可的急不可耐,不像是吓到了她,反而令她高我一等,她待我的方式容忍、迁就。如果是她的话,那真是个错误!那样就不得不

---

① 埃斯特拉本来出卖肉体,但此时肉体属于她,脚也是。

去回忆从前那一夜，或许早忘了。我们走进她刚刚和那个糙爷们干过的房间，里面还没通风，有股酸腐味，不过该比原先的气味容易忍受多了。天花板上有台吊扇正旋转着，我透过卷帘间的缝隙往屋里看时没有看到吊扇。扔在地上的牛仔帽还在，是供有心理情结或脑袋是倒置蛋形的客人使用的，帽子也要租用。多尔塔生命的最后一夜有个牛仔元素，是他跟我提到的令人难以置信的鳄鱼皮靴子。

她坐到既非床垫也非床铺的床上，一种矮矮的日式榻榻米，我不记得名称，觉得挺时髦。

"价钱跟你说了吗？"她冷冰冰地问，无精打采的。

"没有，不过无所谓，价钱一会儿再说。不成问题。"

"和那位夫人说，"埃斯特拉说，"你跟那位夫人说价钱。"接着又说："好吧，你想怎么做？除了快之外。"

"你把浴袍敞开。"

她听从了，带子松开来能看到身体的一部分，但对我来说还不够。她似乎觉得无聊，似乎感到厌烦。如果她先前就没什么欲望，眼下该悄无声息地拒绝。她的口音是中南美洲或者加勒比地区的，毫无疑问，这些年在马德里的生活已把她变得冷酷无情。

"再敞大点儿,都露出来,完全露出来让我看见。"我说,我的话音听上去该是紧张不安,所以她第一次带着一丝猜疑,从上到下打量我。不过,她解开了浴袍,就像一名参加盛典之夜的过气女影星,可恶的盛典夜。她的双乳赤裸裸地袒露着,因为我对黑白照中的那对乳房了解得一清二楚,尽管这里光线昏暗,可我一秒都没迟疑,立刻认出了那对有了色彩的乳房。双乳造型不错,挺有挑逗性,只是手感不紧致,托在手上如水囊般软榻,往里面填塞了硅胶还是难以弥补。我反复凝视的血淋淋的影印乳房这两年来渐渐失去了活力,比本该呈现的饱满丰润差远了,比起当我让那个善解人意的警官满足我古怪的病态请求时所想象到的更加死气沉沉。相比身体其他部位的肌肤,双乳颜色稍浅,上面没有裂缝、没有伤疤,也没有口子。除了乳头外,她皮肤光洁,肤色均匀,一点伤痕都没有。对我个人审美而言,她乳头的颜色太深,惯常的情况是,看过第一眼后,人们立马就知道什么是自己喜欢的,而什么又是自己不喜欢的。

太多思绪汹涌袭来,女人活着而且一直都这么活着。照片上痛苦的表情、紧闭的双眼和紧咬的牙床,那双闭合的眼睛不是死者的眼睛,因为死者已不用力,人断了气一切就戛然而止,就算伤害也不起作用。怎么就没想过那种神态是活着的人或是垂死者的神态?却从来不属于死人。那条内裤,为什么她的尸体上套着内裤?为什么命都没了还要留件衣服?只有活着的人才留着内裤。如果她活着,我最好的朋友,爱开玩笑又内敛隐忍的多尔塔也应该活着。他跟我开了一个怎样的玩笑让我相信他被谋杀和遭受的罪罚?如果他活着的话,这算哪门子玩笑呢?

"你从哪儿弄来的烟卷?"我问她。

"什么烟卷?"埃斯特拉立刻警觉起来,又问了一遍来拖时间,"什么烟卷?"

"你之前在餐厅里抽的,有丁香味。让我看看烟盒。"

她本能地用浴袍裹住身体,没有束腰带,像是要保护她裸露的身体,跟一个从宽餐厅也许去餐厅以前就一直观察她并尾随她的家伙在这儿待到现在。我的语调大概相当紧张和愤怒,因为她指着扔在一把椅子上的包,那把椅子放过那个土包子的衣服。

"香烟在这儿。一个朋友给我的。"

我吓着她了,我注意到她怕我,所以我怎么说她就怎么做。没有了高我一等的架势,也不那么温柔忍让,独独怕我和我的双手,或是会在她身体上戳个窟窿或者划一道的冷兵器。我拿起包,打开,从里面拿出那红色带金纸窄窄的香烟盒,弯弯的黑色条框里印有"抽烟有害健康"。咔嗒(燃烧时丁香发出的声音)。

"哪个朋友给的?刚刚和你在一起的那个吗?他是谁?"

"不是他,我不知道他是什么人,他想今晚和我一起吃晚饭,我之前只跟他做过一次。"

我极其反感伤害女人的男人,讨厌自己也做同样的事。接着,我攥住埃斯特拉的胳膊,用手猛地扯开她的浴袍,让她没了遮挡。我的食指顺着她的乳沟抠,仿佛想从里面掏出点什么。我来回用力摸了好几次,才开口问她:

"窟窿呢?在哪儿?长矛呢?在哪儿?斑斑血迹呢?我朋友出了什么事?谁杀了他?你杀了他吗?什么人给他戴了眼镜?你说,是不是你给他戴的?谁的主意?是不是你的主意?"

我把她的一只胳膊反拧到后背让她没法动弹。用我另一只手的力气别提有多大的拇指自上而下在她胸骨上又按又压又摩擦,两侧都真切地触到了乳房,自己的双眼曾注视过无数次的乳房。

"我对发生的事情一无所知,他们没告诉我,"她呜咽着说,"我到的时候,他已经死了。他们叫我只是为了拍照。"

"他们叫你?谁给你打的电话?什么时候?"

向来不会知道大拇指能干什么?如果有人透过卷帘缝隙看到我,定会惊恐不安,那仿佛不是我的拇指,动作始终无法停止或无法控制,对拇指而言总是滞后。但那是我自己的拇指。我发现不必吓唬她也用不着继续伤害她,于是拇指停止发力。我松开她,手指由于摩擦已经发热了,仿佛短暂地燃烧过,她的乳沟该有同样的热度。如同一种告知和提示,有什么就说什么。不过,在她开口说话前,在她缓过来能张口前,那个想法钻到了我的脑子里。为什么隔天夜里才发现尸体?为什么那么晚?为什么拖延了那么久?两具尸体中只有一具真的,拖延或许是为了谋划和准备整件事。还有拍照,是谁拍了那些从未刊登的照片?她的照片根本没见报,更别提那张被活蹦乱跳的本人用手把头发撩到前面遮住半张脸孔的照片了,刊登出来的只是我朋友多尔塔在最好的时光拍过的几张照片。可能被那头蓬松秀发遮掩的一桩肮脏勾当。报道内容来自警方说辞,没有周围住户的说法,我则是唯一看过照片的人,并且只在戈麦斯·艾尔达的办公室看到过,最多可能给一位法官展示过。

"是那个警察给我打的电话。警察打电话告诉我需要我在一具暴力致死的尸体旁摆摆姿势。有时候什么都得干,甚至还要跟死人躺在一起。虽然是已经咽气的死人,我可以向你保证,我跟他什么都没有做。"

多尔塔死了。我怀疑他有片刻重新活了过来,这其实一点儿都不奇怪——习惯和积聚下来的林林总总足够让那种存在感永不消失,见不到什么人可能有偶然性,甚至不重要,可没有哪一天我不怀念自己童年的朋友,他从没和任何女人有过瓜葛,不管他在世时还是死后。这让埃斯特拉担心,这个可怜的女人,她说:"他已经咽气了,我可以向你保证。没有混在一处的鲜血,也没有精液,什么都没有,所有的都是戈麦斯·艾尔达生造出来的,为了讲给我听或是其他任何有好奇心或是爱管闲事的人。随着时间的推移,我会接受这件事,报纸那么快就倦于报道此事也不会出现更多细节,只不过两具尸体还不是尸体之前曾有过性关系。"

"那么他们给你身体涂抹得不赖,不是吗?他那黏糊糊的血和一切。"

"对,他们把番茄酱抹在我胸上,酱干了之后才拍了照。

没耽误很长时间，天热干得快，是那个年轻人干的。他们给了我几千比塞塔，还警告我老老实实地闭嘴。"她用拇指做了闭嘴的动作，像拉拉链那样。她继续说，已经不怎么怕我了，正因为不怕我了，她的话才越来越多。尽管她可能察觉到我因想到"这可怜的女人"而露出那种神情或想法，我俩都发觉了这一点，也让我们平静了下来。事情已经过去了不少时日。你说出去的话，我一鞭子把你抽到回古巴的运奴船上，她告诉我，警官是这么对她说的。现在会发生什么？会怎样？他会把我遣返回古巴吗？

"那个年轻人……"我说。我的声音难掩心烦意乱，除了面对自己我能平静，面对其他的人和事我还静不下来。"什么年轻人？什么年轻人？"

"那个一直跟戈麦斯在一起的年轻人。他正在服兵役，必须返回兵营。他们谈到这些。"戈麦斯·艾尔达还胆敢，我想，他还敢说插长矛的是某个惯于插刺刀的家伙。就算我们不在战争时期，让你那灌满铁的心脏腐烂，再来一个麻袋，装面粉的麻袋、装羽毛的麻袋、装肉的麻袋，咔嗒咔嗒。"我就知道这么多，我去过那儿，下午就离开了，走的时候拿着钱和香烟。烟是我离开时从他家里顺出来的，顺了两条。我还有三四包,我抽得慢,这烟味道冲,所以挺招人注意的。"

埃斯特拉抽丁香烟的理由和多尔塔抽这种烟的理由没多大区别,有些共同点。我坐到矮榻上,挨着她,手搭在她肩膀上。

"我很抱歉,"我对她说,"死者是我的朋友,而且我看过照片。"

鲁伊贝利兹·德·托尔斯占理的时候太多了,他看透了我们所有人。事发以后有段时间我一个下午又一个下午地审视那张痛苦的脸,那对静默、死寂又血糊糊的乳房。而看到那对刚刚沐浴后勃勃有生机的乳房让我高兴。虽然与此相反,我的朋友还是不能起死回生。其中似乎有不少骗局,埃斯特拉也因此遭受凌辱,虽然得到报酬和赔偿,但付钱给她可能没有任何原因或仅仅要封锁消息而已。毕竟她不会等到那些办公室和警察局的人上班后才睡,虽然有些妓女是整夜不合眼的。

离开时我把钱放在小客厅里,可能多了点儿,也可能不太够。莫妮卡大妈大概几个小时前就睡了。我走的时候,埃斯特拉也去睡了。我不认为他们会像她所说的那样把她遣送回古巴。

戈麦斯·艾尔达的气色比两年前我最后一次见到他时还要好。随着时间的推移，他官路亨通，该是升职了，他显得更加平静。现在我发现他身上少了我那种愚蠢的傲慢，我明白他自己照顾自己，愚痴的我们对自己关照得比较少。我既没时间也没心情去问愉快的问题。他没有拒绝见我，我走进他的办公室时他没有从转椅上站起身，只是那双熬夜的、看不出有大惊喜的甚至流露出厌恶的眼睛注视着我。他提醒我。

"什么事？"他问我。

"我跟埃斯特拉，那个死人，谈过了，不是和她的照片谈。现在想知道您怎么跟我解释您的持矛者。"

警官的一只手在他毛发似乎一天比一天多的罗马脑袋上滑过，植发的确对他有效果。我想了一秒，不合适的想法会在任何时刻袭来。他从桌上拿起一支铅笔，用笔有节奏地敲打木质桌面。他已经戒烟了。

"就是说她开口说话了，"警官答道，"如果指的是那个古巴妓女的话，她来的时候叫米利亚姆。"

"您必须告诉我，究竟发生了什么事情？既然因为是可恶的基佬您不想进行调查，为什么还浪费时间？我不明白您怎么敢这么叫他们。"

戈麦斯·艾尔达淡淡一笑，没准他是害羞的傲慢者。他不安的样子好像他是个谎言被揭穿的年轻人。一个微不足道的谎言，造成的后果不会比发生口角所造成的严重多少。可能他清楚我不会再和任何其他人讲这个故事，也许我自己知道以前他就心知肚明。他没有立刻回答，但不是因为犹豫，而是仿佛掂量着值不值得对我坦白。

"好吧，必须保密，真的。"他最后开口说。但他依旧没有下定决心，停顿了一下才接着说："我不知道您是否认识这些男孩，您的朋友跟您说起过的，真相。如果太年轻，那么他们一点儿都不忠诚，也根本不在乎缘分。如果什么人说几句甜言蜜语引诱他们，他们就会跟人家过夜，更不要说再奉送名牌货或者带他们去高档场所尽情逛。他们就是干这个的，没有其他可干，准备好让别人引诱。您不知道，他们可比女人虚荣多了。"戈麦斯·艾尔达自己打住。他说着，仿佛那件事属于遥远的过去，没什么重要性。的确，过去远离得越来越快了。"好吧，其实多尔塔那天落在我手上。那个晚上我值班，他的朋友在街上拦住我。您别让我说他的坏话，他是您的朋友。不过，他对那个男孩过分了，那根讨厌的长矛把男孩吓坏了,让他紧张,我记得您这么说过。有时候会发生这种事。事后反悔的人,可能出于很多原因,也会被不在计划之中的项目吓到。男孩惊慌失控,往你朋友的额头上抽打,接着用矛刺穿了他的身体。那一下好像刺刀捅的。您相信我,他不是坏孩子,他正在服兵役,虽然我好长时间没有他的消息了,他说来就来说走就走,跟妓女们的皮条客和丈夫不一样,他们一点儿都不多愁善感。他六神无主地求我,我不得不克制住,伪造现场。"有片刻工夫戈麦斯·艾尔达显得无助软弱。曾构成我们生活一部分的那个人消失时,连绵延续的绳子便兀自断开,昨天一下子变得遥不可及,从前突然变得遥远。"您想让我告诉您什么?我除了帮他一下,还能怎么做?与只失去一个人相比,毁了两个人又能赢得什么呢?尤其是另外一个人已经从一切中解脱出来了。"

我注视着他有些粗壮的身板,他坐着都显得挺高。和我对视时,他力不从心,那双昏昏欲睡的眼睛可能从来都没眨过,迷蒙的视线甚至可能朝着地狱的方向望。那张脸上已经不再写着软弱,软弱的神情转瞬即逝。

"谁给他戴的眼镜?"我最后问,"谁想出来的主意?"

警官露出不耐烦的表情,仿佛我的问题让他觉得用不着给我解释或编个故事。

他说:"你别拐弯抹角了。这是桩凶杀案,只能问重要的问题,别问我这些不着调的。"

"那又怎样?谁能想到会撞见女死者活蹦乱跳的真身呢?法官、法医都没有。"

他耸耸肩。

"您别天真了。在这儿和停尸房,我们想干什么就干什么。对有兴趣调查的案件才展开调查,没人对不该提问的人提问。四十年时间对我们还有点儿用,我们可以随心所欲而不用向任何人解释,可这是段漫长的学徒期。我指的是佛朗哥,不知道您是否记得?想怎么样就怎么样,学习的方式多种多样。"

戈麦斯·艾尔达不乏幽默感。虽然我不该对他问这样的问题,但还是问了:

"您为什么这么帮那个年轻人?帮了您也要冒很大风险。"

在我看到早前的一种神情重现之前,他的惺忪睡眼有特别闪亮的瞬间。他把椅子一转,用后背冲着我,仿佛以这种姿势示意对我非同寻常的接待的结束。他跟我说话时我看到他粗粗的喉结:

"我完全豁出去了，"他沉默了片刻，接着平静地说，"怎么了？您从来没爱过什么人吗？"

我转过身，开门离去。我无言以对，尽管我觉得记忆中自己曾经爱过。

犹疑时刻

我见过他本人两次，第一次相遇是最开心也是最苦涩的，苦涩仅指回顾从前的感受，也就是说，是眼下的而非当时的感觉，其实不该这么讲。那次见面是后半夜在"快活"迪厅，对他而言算是特别晚的时间。估计足球运动员应该很早就寝，因为他们需要长时间专心致志地准备下一场比赛，所以除了训练就是睡觉，或是观看其他球队及自己球队的录像，看看自己的成绩和失误，失去了哪些机会，在这种录像里重新扳回局面的机会总在最后关头丧失。睡觉、训练和补充营养是"已婚婴儿"的生活方式，扮演母亲角色的女人督促"已婚婴儿"遵循时间表按部就班地做。大部分球员根本不管这一套，他们既讨厌睡觉也讨厌训练。大牌球星只在踏进球场时才考虑比赛，并且深谙最好赢得比赛的道理，因为数十万人在那儿看球，这些人倒是一个礼拜都翻来覆去地想着比赛结果或是要向可恨的对手复仇。对大牌球星而言，对手只存在九十分钟，仅仅出于一个原因——他们之所以出现在那儿，就是要阻止对手得到日思夜盼的，这就是全部。踢完球以后，如果不被看作什么坏事，他们或许会跟对手出去喝一杯。气恼属于那些平庸的球员。

他自然不是等闲之辈，而且在某个时期他曾想过当自己变得更成熟、更专注时，定会成为大牌球星。但这种期待从未变成现实，或者是来得太迟了。他是像库巴拉、普斯卡什、科奇什和齐伯尔（都是大牌足球运动员）那样的匈牙利人，可是对我们来说他的姓更难念，写下来该是申特库斯基，而人们最后叫他肯图克，因为听起来更顺耳也更像西班牙语，于是会在有些时候不太合适地给他安上"炸鸡"的绰号（和他田径运动员的体质不相干）。当他驰骋在绿茵场上，最放肆也最富有激情的播音员会胡乱编派他的名字："注意，肯图克可能要煎炒巴萨队。"或者是："小心！炸鸡可能让煎锅在空气里舞动，他要组织一次煎炸。小心啊！全是油，正在沸腾的油。小心被烫！一定要小心！巨滑无比！切勿搅动！"记者们纷纷评论，但很快便忘得一干二净。

当我和他在"快活"迪厅偶遇时，他已在马德里度过了一个半赛季。他说一口流利的西班牙语,所知有限,但基本上不出错,口音明显,不过完全能容忍。中欧人似乎总能很容易就学会外语,而我们西班牙人却不擅长学习或是开口说其他语言,关于这一点,罗马历史学家就指出了,西班牙这个民族的人发不出流音的 S。西庇阿(Scipio)中的 S 和斯基拉奇(Schillaci)及申特库斯基(Szentkuthy)里的 S 在西班牙语里分别对应 Escipión、Esquilache 和 Kentucky(西班牙语的情况是,如果词首的 S 后面有辅音,西班牙人不在 S 前面加一个"呃"就不舒服!),语言学的发展趋势变了。与之前艰辛的生活相比,申特库斯基(我用他真正的名字,因为我是笔头书写这个名字不必说出来)已有时间适应了西班牙这个节庆频仍、有奢华之风的奇葩国度造成的目眩神迷,但他尚未将这一点看得自然而然和理所应当。或许他处在继续追求重要成绩的关头,在这种时候人不觉得自己所收获的(已经得到信任了)是单纯的馈赠或奇迹,并且开始惧怕自己的归属,或者说诚惶诚恐地仿佛依稀看到可能回到从前的端倪,而人倾向于抹去往昔,我并非从前的我,只是当下的我,我不来自任何地方,我不认识自己。

我俩共同的熟人让我们聚到了同一张桌子前。过了好长时间他都没回到桌边,直到更换舞曲时才回来。与其说他花一秒抄起酒杯饮了一口,不如说他在进行一种自我训练。他是不知疲倦的田径运动员,至少在九十分钟的比赛和加时赛中会上紧了发条。他跳舞很蹩脚,激情有余,但缺乏节奏感,连最起码的协调动作的节奏感都没有。桌边有些人讥笑他,在这个国家所有情形都包含着一个残忍要素,尽管没有任何强迫,但民众喜欢制造伤害或者认为能引发伤害。从我在报刊上看到的照片判断,他的穿衣品位比初到球队时要好,可是如果和他的西班牙队友相比,穿衣品位的改善度还不够,他的队友们非常注重穿着,其实就是对广告深有研究。他是那种男人:尽管衬衫下摆塞在裤子里面,但在别人的印象中却总像放在裤子外面。当然,球场上有裁判的准许,球衫是用不着塞到裤子里的。他终于坐了下来,满脸堆笑且虚张声势地命令所有人起来跳舞,这样一来他歇着的时候就能看他们,眼下他想寻开心,但毫无疑问,没有丝毫坏心眼,也没有丝毫恶念,或许除了自己僵硬的动作以外,他想学其他的舞蹈动作。我是唯一没理会他命令的人,我从不跳舞,只是观看。他没有再三要求,没有执意坚持,因为他不知道我是谁,他不认识我,这一点他似乎根本不在乎,无论我拒不接受命令的表情有多坚决，他还是完全确信认识所有人。我的脑袋左摇右晃，如同我们这些市民如果不把脚步放慢，就不愿给乞讨者施舍一个子儿时所摆出的惯常姿态。这对比不是我做的，而是他。

当只剩下我们单独两个人时，他说：

"您好像拒绝给我施舍。"其他人为了让他高兴都在舞池里。和那些还算循规蹈矩的好外国人一样，他对我以"您"相称，他选用的词不赖，"施舍"这个词不太常用。

"你怎么知道？是曾经遭到过别人拒绝吗？"我问。和他相反，我对他以"你"相称，出于年龄差距和某种未意识到的高人一等的情结，但我马上意识到这一点。即便这样，我像是要得到准许似的补充说："咱们以'你'相称吧。"

"有什么人没遭到过拒绝吗？施舍的方式多种多样。我是申特库斯基。"他一边说，一边把手伸到了我面前，在这里彼此相识不用其他人的介绍。

这哥们一点儿不傻，他挺会见风使舵（所有人都知道他是谁），虽然嘴上拒不承认。就是说，有两点他拎得清清楚楚——既不能虚伪得令人难以容忍，也不能幼稚得让人生厌，做到这一点可不容易。我把自己的名字和职业告诉了他，并且和他握了握手。我的职业和他的职业有天壤之别,他却连问都没问,他对此不感兴趣,也不愿进行一场既没有想过也不期待的对话来打发时间,他本来盘算过一个人留在桌边欣赏别人跳舞。他金黄的头发几乎中分成波浪起伏的两部分,像乐队指挥那样全都往后梳;有丝微笑挂在脸上,犹如连环画中的扭捏做作。他鼻子有点儿宽,极细长的蓝眼睛,目光如炬,像展会上满天星般的小灯盏。

"哪位是你的?"我说着,把拒绝了他指示的头偏向全都结伴而来、正在舞池里跳舞的女士们。"哪位是你女朋友啊?你跟她们之中的哪一个拍拖?"我把问题说得更清楚,执意要知道。

他好像挺喜欢我没有马上跟他聊球队,也没有提教练和联赛,或许正因为这样他答复我时没有一点儿羞涩之意,而是带着一丝孩童般的微笑。他的自负傲气既不冒犯别人也丝毫不让人感觉被羞辱,对女人也如此。他谈起女人的时候,仿佛是女人们选择了他而非相反,没准的确如此:

"这桌的六位女士,"他说,"我已经上了三个,您觉得如何?"他竖起左手的三根手指,四周嘈杂得很难听清楚。他还是继续以"您"称呼我,反复这么叫让我觉得自己有点儿上年纪了。

"那今天轮到谁?"我问,"旧爱还是新欢。"

他笑了。

"实在没办法的情况下,才会重温旧爱。"

"你是收藏品鉴专家吧?你还收藏什么别的吗?进球可不算。"

他停顿了片刻。

"就这些,进球和女人,没有别的。每一个进球换一个女人,这是我庆祝进球的方式。"他笑眯眯地说,好像纯属玩笑,不是真的。

正在进行的赛季,他仅在甲级联赛就已踢入了二十多个球,在国王杯和欧洲比赛又进了六七个。我一直观看足球比赛。实际上,我更愿意听他谈谈比赛,然后自己能像个崇拜者、一个狂热的球迷那样对他提问。但他大概觉得这些话题无聊。

"一直这样吗?在匈牙利也是吗?踢匈牙利足球甲级联赛时也这样吗?"我早把他圈定在布达佩斯特队——他的出生地。

"哦,不,在匈牙利不这样,"他一本正经地说,"我未婚妻在那儿。"

"她怎么样？"我问他。

"她给我写信。"他直截了当地说，一丝笑意也没有。

"那你呢？"

"我根本不拆她的信。"

申特库斯基那时二十三岁，还是个乳臭未干的小伙子，我很奇怪他对类似的事情有如此的意志，也许是缺乏足够的好奇心。即便可能猜得出信里的内容，可不想知道到底写了什么却很难。还得有颗冷酷的心。

"为什么？尽管如此，她还继续给你写信吗？"

"是的。"他答道，似乎没觉得有什么奇怪。"她爱我。我顾不上她，可她不明白。"

"她不明白什么？"

"她觉得事情永远不变，她不懂事情是变化的，她不明白很多年前的某一天我对她的承诺不会实现。"

"许诺相爱一辈子。"

"是啊，这样的诺言谁没许过，但没人会去兑现。我们每个人都说过很多话，女人要求男人对她们说这些，所以我学西班牙语特别快。她们老是想让我跟她们聊，问题在于不管是（发生关系）之前或之后我宁愿什么都不说，就像在足球场上，你踢进一个球，你呼喊着为自己喝彩，没有必要说什么或做什么承诺，大家知道你还会踢进更多个球，这就是全部。她不懂，她认为我是她的，永远是她的。她太年轻了。"

"可能随着时间的推移能学会。"

"不会的，我不相信。您不了解她。对她来说我永远是她的。永远。"

他说最后一个词时的嗓音既邪恶又充满敬畏，仿佛这个"永远"不是他的，而是她的，他以庸常生活中的现实和距离去拒绝永远，然而，他知道这个永远比任何讨价还价、比他为马德里踢进的任何一个球和任何一个随便替换的女人都更有力。他仿佛知道一个人对抗不了（确凿无疑的）意志。当一个人的意志仅仅是偷懒和拒绝时，那些确信想要某样东西的人知道采用更有效的手段去获取，相对于那些不知道自己想要什么或者说仅知道不想要什么的人来说，确信者总是更有优势。我们这类人毫无抵抗力，我们并不总能意识到自己巨大的弱点，因此选择了另一个比我们强大的力量将我们轻而易举地降服，可某段时间我们只想逃离这更强大的力量，这需要无比坚决和无穷的耐心。依照申特库斯基说"永远"

的方式，我知道他最终会娶他们国家那个给他写信的年轻姑娘。那会儿我产生这念头时，心里一点儿都不着急，那其实是种偶发而且可笑的想法。我对申特库斯基相当淡然，顶多只能在电视上或球场上见到他，虽然我确实酷爱看他踢球。

同桌去跳舞的人回来了几个，于是我对他说：

"申特库斯基，小心，和你还没瓜葛的那三位女士中的一位是跟我一起来的。"他爆出一阵本色的哈哈大笑，嘈杂声被音乐盖过，他再次进入舞池。跳舞之前他从那边冲我喊：

"她是你的，对吗？永远是你的！"

事情的进展和他说的不一样，她和我在申特库斯基加时跳舞累得精疲力竭前就离开了迪厅。申特库斯基要看看那一夜能否和新欢云雨还是不得不重拾哪个旧爱。那天下午他灌进瓦伦西亚队三个球。有一瞬间，我想到了他的同胞科奇什。如果我没弄错的话，这位绰号"小金头"的巴萨队内锋前些年自杀了，是他退役多年以后的事。我不知道为什么想到的是他而不是库巴拉或普斯卡斯，后面两位知道自己找乐子，后来都成了教练。不管怎么样，那一夜申特库斯基玩得很过瘾。

我继续看了他接下来两个赛季的比赛，尽管他踢球的状态时好时坏，但留下了几个值得回忆的形象，它们不仅刻在了所有目睹比赛的人的记忆中，也留在了我的记忆里。在欧洲杯对阵国际米兰的一场比赛中，马德里队要踢进一个球才能进入半决赛，当距比赛结束还剩十到十二分钟时，申特库斯基在自己的半场接到了发角球触到球门反弹回来的球。他独自带球反攻，在对方守门员和他之间还有两个滞后的后卫球员。他奔跑带球超过了其中一个，在到达射门区前又闪身躲过了另一名后卫。守门员绝望地护住球门，申特库斯基盘球并避免守门员试图让他造成点球的状况出现。他该做的本是从区域的边线把球射入球门，却扬起头盯住空空如也的球门区。全场观众都盯着他，心急如焚地等待巅峰时刻的真实到来，这时刻确凿无疑，一触即发。激奋的低语须臾间变作沉默，数十万人的喉咙里憋着一声狂吼，却没能爆发出来——"射门！射啊！看在上帝的分上！"球入了球门的话，一切便是定局了；这之前还不是，必须见到球射入球门后才是。申特库斯基并没有立即射门，他让球贴着自己的脚继续往前，一直把球盘到了底线，在那儿他的鞋底把球卡停。球稳稳地停了一秒钟，定在他的鞋底和草坪或者底线的石灰之间，没有射出去。另外两名意大利防守球员闪电般冲了上来，守门员也缓过神来了。申特库斯基只要马上把球踢出去让球穿过那条线就能进球，意大利球员根本不可能赶过来。然而在足球场上，未发生之前的都不算数。我不记得还在什么其他足球赛场上出现过更令人窒息的静默。虽然只是极短暂的瞬间，但我确信每一位观众都难以遗忘。在不可避免及难以避免之间，在还是未来的和已然是过去的之间，在依旧没有与已然完成之间刻下了天壤之别，对于这种再清晰不过的转变，我们所能介入的微乎其微。对方守门员和两名后卫缠住申特库斯基时，他用鞋底让球缓缓旋转了几厘米，让早该越过球门线射入球门的球再一次停了下来。球没有被他用力射入球网，他只是不温不火地把还算不上进球的球踢进球门，让它正好变成了进球。想象中竖在球门线挡住球门的那堵隐形墙从未变得如此清晰，那是一种蔑视、一种恶搞。球场沸腾了，是帕子的海洋，整场比赛造成的触目惊心的感受以及从没有必要的折磨中解脱出来的轻松感交织在一起，是申特库斯基让十几万现场球迷和上百万在家观看比赛的人承受的折磨。电台播音员不得不暂时停止大呼小叫，只在申特库斯基希望他们发声的时候才开口说话，一秒都不提前。申特库斯基否认刻不容缓，他并不因为停滞时刻不是由他设定的而变得犹豫不决，仿佛他正在说："我是创造辉煌的人，这个时刻由我说了算而不是你们。"不能去想如果守门员及时赶到并从他脚下把球夺走会发生什么。不能这么想是因为没有发生，因为特别害怕这种状况出现。如果命运先是完全眷顾一个人然后又对其不理不睬，那么没人会原谅耽于命运的人。在已经没有任何防守的情况下，任何另外一名球员，要想从淘汰赛中出现并且把赢得比赛尽早变成真实，早就从底线把球射入无人防守的空球门了。说到底，申特库斯基的意志不坚决，他仿佛想要强调天下没有什么是不可能的——他脚下的球将要变成一个进球；不过看着，也可能不进。

他虽然踢了那场比赛（或许正是因为那场比赛），却在整个赛季中表现得差强人意，接下来的一个赛季则糟透了。申特库斯基像是没有踢球的欲望，几乎没怎么进球，只不过风驰电掣般带球而已。一月份他受伤了，联赛剩下的时间都在恢复期，所以基本上没上场踢球。

一次，我受邀到主席包厢观看一场比赛。那次坐在我左边的正是申特库斯基。他左边坐着一位有点暮气沉沉的年轻姑娘，我听到他们说匈牙利语，我自语该是匈牙利语，一个词我都听不懂。当然，他没认出我，可以说连瞧也没瞧我一眼。他全神贯注地观看比赛,仿佛自己和队友们在绿茵场上并肩驰骋,无比投入。有时候他冲着队友们用西班牙语大呼小叫,因为从包厢里能看清楚每一次球员们本该把握却失去的机会。显而易见,没能和队友们在下面的球场并肩比赛折磨着他。我想,没有进球的话,就只有女人和他相伴了。他退役的时候总归会过于年轻。

休息时分,他回到了现实里。虽然是阳光明媚的清冷下午,他却没有离开座位。就是这个当儿我才壮起胆子去跟他攀谈。他系着领带,大衣领子竖着,穿衣比从前得体多了,一定看过更多广告。他一刻不停地抽烟,在他老板和摄影机跟前都抽。

"肯图克,什么时候我们能看到你再次短装上阵?"我问他。

"两周以后。"他边说边竖起两根手指,像确认似的。那时是二月。

那位听懂了一点但没完全明白我们对话的年轻姑娘羞涩地浅笑,露出一个表示疑问的神情,先是竖起三根手指,然后竖起四根,像是要探寻真相。她的加入让我可以继续发问:

"这位女士也是匈牙利人吗?"

"是的,她是匈牙利人,"他答道,"不过不是我太太。"他所理解的词意是非母语者所理解的含义(因为非母语者不知道还有其他意思)。"是我未婚妻。"

"很高兴认识您。"我说,把手伸给她,还补充说了自己的名字,做了自我介绍,但这次没提我的职业。

"先生,幸会(误用成阴性动词)。"她没有把握却说对了,可能是她学过的一个没有上下文的零散句子,像马上就能学会的"再见"和"谢谢"。她没有再说别的,重又陷进座位里,注视前方。那个星期天的体育场拥挤,让人有些昏昏欲睡。若是看作我对她的评头论足,就姑且算我大胆吧。我看到她的侧影,很少听到她说话。她非常年轻而且特别漂亮,看上去有点胆小羞涩,可也挺自信,有种沉稳的气质。如果拿她和"快活"迪厅的那些女孩子相比,她没有任何独特之处,就算跟那天晚上和我一起去的女伴比也没有什么十分引人注意的地方,我已经有一阵子没见过那个女伴了。谁知道他们是不是又聚过,她和申特库斯基有没有再次共度春宵?我已毫不在意她和谁在一起。我对她一无所知,打那以后就知道得更少了。那个在包厢的下午。

上半场比赛以零比零的比分战平,申特库斯基所在的球队踢得不好，使出了浑身解数，但丝毫没有灵气，所以让人想念申特库斯基，尽管他在受伤前并不特别耀眼。

"嗨，结果会怎么样？"我问他。

申特库斯基带着随即生出的优越感瞅着我，这可能是因为我想听听他的看法，不过我经常在新婚男人身上感受到这种做派，尽管他还没有结婚。有些时候刚结婚或者快要成婚的浅薄男人通过夸赞他们的妻子或未婚妻来努力捍卫尊严。然后，他们就把这种努力丢弃了。

"我们轻而易举就会赢，输球倒是难事。"

我不太明白他想说什么，在下半场比赛时颠来倒去地想。如果他们赢球，该挺容易，输球反倒比较困难；或者说，他们赢球容易输球难，大概就是这个意思，不可能搞懂。他不想聊天，而我也没有坚持。他立刻扭转身体贴近他未婚妻。他们说匈牙利语，说话声相当低。她是那种女人：为了引起丈夫或未婚夫的关注，要么两根手指揪着他们的袖子，要么把一只手塞进他们的大衣口袋里，我不知道如何用其他方式描述，也不该知道。

他的球队下半场三比零胜出。从此这支球队一直踢得特别好，于是就不怎么想念申特库斯基了。他的膝盖恢复得比一开始所预想的缓慢许多，比二月、三月、四月和五月都要差很多。或许手术后的恢复期他没有遵守医嘱。他跟教练有些冲突，赛季一结束就让他下课了，把他转到了一支似乎成不了大牌球员并最终会被遗忘的运动员去的法国球队。他在南特队踢球的三年，没有多少可圈可点的亮点，鲜有报道。记者们忘性大，忘得太快了，就连申特库斯基的死讯也仅仅在我通常不买的体育报刊才有些许细节的报道，一个侄子给我看的。那时，他离开马德里已经八年。马德里人几乎不了解他的祖国匈牙利，要是没被匈牙利的不知名球队选中的话，他中止踢球大概有五年了。一名在阴曹地府的三十三岁男子，一名再没有进球的年轻男子，而他的录像已经被看烂了。应该只有他的故乡布达佩斯的女人才会选择他，在那儿他将作为一个偶像继续存在——年幼离乡并在遥远的地方功成名就。他将永远活在日渐模糊的、许久之前的丰功伟绩所带来的骄傲的回忆中。他已不在人世，因为胸口中弹，或许他自信又羞涩的妻子在一刹那间对确凿无疑的意志有所动摇并且质疑她那两根柔弱的手指是否扣紧了那么僵硬的扳机。扳机被扣紧了，这一点很清楚。或许有那么一瞬间，申特库斯基否认迫在眉睫，否认时间被锁定了而他自己变得犹豫不决，那一刻他清晰地看到了分界线和那堵显然是分隔生死两界的隐形墙,看到了唯一的"还没死去"和唯一的"已经离世"。有时候生命被最细枝末节的东西掌控着,被攥在丝毫没有力量的手指中,手指倦于在一只口袋里搜寻,倦于拽住一只袖管,或是厌倦了一只球鞋的鞋底。

不再有爱

如果那些幽灵还存在,他们极有可能把违背世间凡人的意愿奉为行事准则,在不太受欢迎时出现,却在被期待并要求出现时藏匿不出。幽灵和生者有时候会达成某些协议,这从哈利法克斯爵爷和莱莫爵爷二十世纪三十年代收集的文献便可知晓。

最质朴也最让人感动的事件之一发生在一九一〇年,与拉伊小镇的一位老妇人有关。羔羊屋是那种适合长久关系延续的场所,亨利·詹姆斯和 E.F. 本森[①] 都来过羔羊屋,他们分别在这栋房子住过一些年(各自在不同的时期住过,后者问鼎过市长)。这两位作家才是心有所盼或怀念的人们来此造访的缘由。老妇人年轻时(名叫茉莉·肖根·史尔)是另一位

---

① E.F. 本森(1867—1940),英国小说家。

富有老夫人的侍女,她的种种活计包括高声朗读小说为生活优渥的女主人解闷,以安抚夫人过早开始的难以慰藉的守寡生活。据镇上的传言,克罗默·布莱克夫人在短暂的婚姻结束之后,经历了某些有伤风化的醒悟,比起她丈夫那并不难忘或者丝毫不值得纪念的辞世来说,醒悟让她变得冷漠无情,并使她把情感深深埋藏了起来。这个年纪的女人,又是这样的个性,断然难把人们的好奇心撩拨起来,也不会成为讥讽或产生真挚情感的对象。厌世之情导致她意懒心灰,因无法独自一人静静阅读,遂要求侍女把那些冒险故事和情感故事高声念给她听。侍女日日朗诵。她读速飞快,根本没有抑扬顿挫,仿佛读的是些离羔羊屋最遥远的故事。夫人总是沉默无语,凝神倾听,时不时叫茉莉给她重读某个段落或对话,她要细细体味其中的滋味后才会和这些篇章永久作别。朗读结束后,夫人唯一的评价通常都是:"茉莉,你的嗓音真美,它会让你遇到爱情。"

幽灵是在朗诵过程中出现在家里的。每天下午,当茉莉朗读史蒂文森或简·奥斯汀、大仲马或柯南·道尔的作品时,她影影绰绰地看到一名年轻男子,乡下人样貌,像马厩或牲口棚的伙计。第一次看到他时,他站着,两只胳膊肘撑在女主人大椅子的靠背上，仿佛认真地聆听朗读，茉莉被吓得差点叫出声来。那小伙子立即伸直食指抵在双唇上，示意她不要说出他在场，并示意她继续安心朗读。一脸茫然的年轻男子在他流露嘲讽神色的双眼中始终闪烁一丝羞涩笑意，唯有在朗读的某些关键时刻这羞涩才会变成既惊恐又单纯的严肃，是那种全然区分不出真实发生与臆想情形的人所固有的。年轻女子接受了他的指示。尽管那天茉莉的目光无可避免地上扬了太多次，她朝克罗默·布莱克夫人发髻的上方瞄，但夫人也抬起不安的目光，仿佛不能确定自己头上是戴了顶假想的帽子，还是恰好有轮不停闪烁的光环。"孩子，出什么事了？"夫人心绪烦乱地问，"你往上面看什么？""没什么，"茉莉答道，"这样可以让眼睛休息片刻，好重新专心朗读。盯着书看太长时间的话，我眼睛受不了。"小伙子用戴在脖子上的围巾表示赞成，这种提示足够让年轻女子按照平素的习惯继续朗诵下去，又至少让她视觉上的好奇得到满足。因为从那以后，几乎每天下午，她给夫人朗读也是为小伙子读，但从来不让夫人回头也不让她知道有位年轻的闯入者。年轻的男鬼从来没有在其他时间出现或转悠过。岁月匆匆，逝年如水，茉莉既没有机会和他说话，也没有机会问他是什么来头或是为什么听她朗读。茉莉觉得男鬼可能是夫人往昔那不太体面的觉醒的始作俑者。半生时光中，尽管朗读过的不少章节里都有暗示，茉莉在夜晚不徐不疾的对谈中也有所影射，但夫人从未透露过什么隐情。也许传言是假的，夫人确实没有任何值得向外人道出的故事，所以她才要听那些遥不可及、出现的可能性微乎其微的别人的故事。不止一次，茉莉想仁慈些，告诉夫人那些下午在夫人背后发生的事情，让夫人和她分享每日小小的欣喜，告诉夫人在越来越难以区分性别、越来越沉闷的家中有名男性。在家里回响的只有两名女性的声音，有时昼夜持续。夫人的声音日渐苍老，含糊不清；茉莉的声线则越来越不美妙，音色渐渐柔弱，惴惴不安。跟预言相反，茉莉的声音并未给她带来爱情，或者至少是爱情没来过，她没能触摸到爱情。每当想说的话已到嘴边时，茉莉总是立刻就想到年轻男鬼要她守住秘密的手势——竖直的食指贴着双唇，时不时挤弄闪烁讥讽的双眼，茉莉便缄口不言。茉莉最后所期望的是惹怒他。或许幽灵和寡妇一样，只是感到无聊而已。

克罗默·布莱克夫人离世后，茉莉继续住在那个家里。一连数日，茉莉茫然无措，备受煎熬，她不再朗读了，男鬼也没再出现过。她确信那个乡下人模样的男鬼需要夫人在世时的那种教育；但又担心并非如此，担心他的现身只是神秘地与夫人相关。于是茉莉决定再次大声朗读来呼唤幽灵。她不仅朗读小说，也朗读历史和自然科学文本。过了些日子，年轻男鬼再次出现了。谁知道幽灵是不是守丧？如果是的话，他们的理由比任何人都充分。他终于出现了！或许被耳目一新的朗读内容所吸引，他以同样的专注继续聆听新书，但不再是两肘撑在椅子后背上站立着，而是舒坦地坐在空出来的大椅子里。有时他双腿交叉，手里端一支点燃的烟斗，露出大概从来也轮不到他当的族长的样子。

年轻的茉莉渐渐老去，尽管和男鬼说话时越来越自信，却从未得到任何回复，因为幽灵并非总能够或者总是想说话。时光荏苒，一晃就过去了好多年，茉莉单方面的自信愈发强烈，这种自信一直维系到年轻男鬼没有出现的那一天。接下来，一连数日，一连数个礼拜，男鬼都没露面。起初，差不多已经变成老太太的年轻女子像母亲一样忧心忡忡，害怕他遭遇了什么不测或大祸。但茉莉没有发现这些词仅适用于终有一死的人，并不包括已经脱离生死的。一想到这里，茉莉的担忧变成了绝望：一个又一个下午，她凝望那把空荡荡的大椅子，咒骂岑寂，她对空无提出揪心的问题，指责无形的空气，自问有何疏漏或错误。她努力寻找可能吸引年轻男鬼好奇心并能让他重新现身的新内容、新话题和新小说；她急不可耐地期待夏洛克·福尔摩斯的每一个新故事。与其说茉莉相信其他什么科学或文学的诱惑，不如说只信故事中的机智和激情。她继续日日高声朗读，期待他的出现。忍受数月感伤后的一个下午，茉莉发现他没有出现时自己耐心读给他听的狄更斯著作的书签不在原来所放的书页，而是被挪放到数页之后。她全神贯注地读他搁置书签的那一页，于是凄苦地明了并获得了一生的醒悟，无论那一生多么深不可测，多么静寂。那段文字里有这样一句话："她韶华已逝，皱纹弥漫，不再动听的声音已然不令他愉悦。"

莱莫爵爷说那个老妇人就像一位遭遗弃的妻子般愤然，根本不甘心忍气吞声，她冲着空荡处狠狠地叱责："你不公平。你不会变老，你喜欢悦耳清新的声音，喜欢柔嫩光洁的脸孔。你别以为我不懂，你年轻并且会永远年轻。这么多年来是我调教你，逗你开心。因为我，你才懂得这么多事情，也知道读书，可所有这些不是为了让你现在借着我一直和你分享的文字给我留下带羞辱意味的讯息。你该想到夫人死后，我本可以默不作声地看书，但我没那么做。你可以去寻找其他声音，这我理解，没有任何东西把你和我拴在一起，当然你从未对我提出任何要求，你也不欠我什么。但你若知道感恩的话，我请求你至少每周一次来这里听我朗读，并且对我已不再曼妙、你也不再喜欢的声音抱有耐心，因为它不能给我带来爱情了。我将努力，尽可能朗诵出最好的效果。不过，你要来，因为如今我已老迈，我需要你出现，来为我解闷。"

据莱莫爵爷讲，那个地道的乡下年轻男鬼不是无情无义之辈，还讲道理或者知道感恩。从那时起直到茉莉·肖根·史尔去世，这名女子都忐忑不安又充满期盼地等待那个指定的日子，就是每个星期三的到来。茉莉平静如水，几乎觉察不到的往昔的爱在那一天重新返回。事实上，从前的光阴没有逝去，甚至连时间也无从谈起。人们觉得可能正是这个原因让茉莉又活了许多年头。也就是说，她既活在从前和当下，也活在将来，或许这些都是思念。

坏习气

献给冲着我耳朵里笑的人

如果不曾经历过,没人知道被跟踪是怎么回事。跟踪既不长久也不活跃,事先经过深思熟虑才实施,热切并果断地展开行动,不停歇,坚定执着甚或狂热,仿佛跟踪者的生活除了和被跟踪者较量以外别无他事可做,赶上被追踪者之前则搜寻、追逼,跟踪其行迹,确定其位置,最后就等待最佳时机对目标下手。不涉及什么人跟我们对着干,要是我们妨碍他们达到目的,他们就算计灭了我们,或者说是我们自己给了这些人毁掉我们的机会,不是对我们发过誓的什么人,他们就是等啊等,只是干等,因此依然是被动的或是要反反复复地去想遭遇打击的风险。当阴谋仅仅是在策划过程中,就不可能成为打击,我们认为的打击可能会来,但也可能不来。或许我们的敌人在把计划付诸实施之前,在真正伤害或者摧毁我们之前，遭受过一次挫败。或许敌人遗忘了，他平静下来或心不在焉之后便把预谋抛在了脑后，而且如果我们与他不再次在途中相遇，我们有可能就摆脱了。复仇特别容易陷入萎靡，而恨则趋于消弭。恨是一种脆弱且病态的情绪，持续时间极短并难以维持，马上就会被怨怅或气恼所替代。复仇的意志持续得更长久也更容易恢复，比恨的强烈度低许多且以某种急迫的方式呈现，而恨总是急不可耐还催逼：我现在就要人，我要看到他的尸体，我不想等、不要等、不会等，你们把那个婊子养的脑袋给我拎来，我要看到他被剥了皮，浑身涂满沥青，插着羽毛，看到他被斩首，成了一具死尸，他没命了，我疲累不堪的仇恨才会停止。

不，不是指那些如有可能就伤害我们的人，不是那些腹黑的敌意：把某人的名字从使馆舞会邀请嘉宾名单中删除后，便觉得有所抵偿；或是面对对手在报纸上自己的专栏中所斩获的成功缄口不语；或是不再邀请某天在广场上冲自己发火的人参加会议。也不是因为女人红杏出墙、努力要把绿帽子还回去或是以为已经还回去的男人。不是把积蓄托付给你又被欺骗的男人，他提前付款买下一座并未建造的房子或是纵使负债累累也执意要把钱投到一部根本不会拍摄的影片上，不可思议的是电影院竟博取了那么多人的欢心，欺骗了那么多人。也不是没获得你所获奖项的作家或画家，确信二十年前要是惩办了他的话，他的生活该是另一番模样。也不是被所奴役的地主和滥用权力的暴虐监工抽打上千次的小工，小工迫切渴望一位新萨巴塔的到来，在他的掩护下将把一把刀轻轻挪到那凶残之人的腹部，挪到那个路过的地主的颈动脉上，因为小工也满怀期望，（这么描述是为了）不把它说成我们所有人为了想起自己的愿望都会时不时陷入的幼稚的梦幻状态，就是为了不让我们忘记愿望，于是反复重申仿佛要强化记忆，实际上却是让记忆模糊并嘲讽记忆，同时又抚慰了记忆，让欲求在所出现的范围中搁浅，于是好像就没有任何事情取决于我们，没有什么取决于小工而监工知道有一种毫无用处或是空想出来的威胁，监工也怀有梦想，遭受恐惧不安的威胁，那种惧怕只是把他引向极端蠢笨和暴虐，好提前得到只是在自己的梦里和别人的梦里所遭受的腹部刀伤。

不，被跟踪完全不是这样：不知道某人可能被跟踪；不知道如果在我们善感易怒的国家间重新爆发战争，什么人可能要来杀他；不能确认如果我们的手紧抠住一个雨水筐子的边沿，某人是否来踩那只手（我们通常不会冒这样的风险，不会在冷酷无情的人面前这样做）；不是惧怕一次不好的相遇，因为从别的街道走或者去其他酒吧或别的房子就有可能避免；不是害怕某天偶遇的人对我们嗤之以鼻或是出现的情形与我们所想的大相径庭；不是制造可能的或可以证实的敌人或者甚至是确定无疑的但总是出现在未来的对手。为所造成的伤害致歉不可能出现在将来的任何时间。几乎所有的事情都在拖延，没有一件会马上就能实现，压根儿不存在。我们生活在拖延之中，生活里常常只有拖延、告知和计划、项目以及诡计。我们笃信无所不在、无穷无尽的懒惰与嗜睡，相信事情在慵懒中自行解决并来临，还确信要懒散地做事。

有时候我们不懒惰、不嗜睡，也没有天真的空想，虽然只是有时候，但极少出现。因憎恨而急不可耐，我们拒绝握手言和，拒绝狡诈和计谋；或是如果所存在的急不可耐与拒绝仅仅因为被跟踪者的对抗才突然爆发，它们的呈现就像不顺心的事一样，要做的不过是调整给一粒子弹事先设计的弹道，因为靶位挪动了并要避开子弹。这次，别无选择——要么白白等待，要么射击。如果射不准、击不中目标的话，就必须重新射击、反复射击直到打中目标，直至射杀目标才算完。当某人经历这样的追踪时，感觉他的猎人们只是跟踪他并且一天二十四小时搜寻他：被跟踪者确信猎人不吃不喝，昼夜不眠，甚至不停下来，他们怀有恶意的步伐不知疲倦也不停歇，并且没有停顿；猎人没有女人，没有子女，也没有需求，他们不去卫生间也不聊天，不做爱也不踢足球，不需要看电视也不需要家，最多有辆用来跟踪他的车。并非某人会事先知道某天可能碰到什么倒霉事或钻进不该进的地方，并因此看到并知道遇上更糟糕、更可怕的事，于是被跟踪的人也不吃不喝不停下来；或者有时候也吃也喝也停顿，之所以安静下来多半是因为恐慌，而非确信得到保护并且没有受到攻击；与其说是平静，不如说是瘫软，如同不飞的虫子那种停滞或如同战壕中被吓瘫的士兵。纵然如此，累得撑不住了才能睡去并预感往事重现。当那么多年前的实情袭来，那些习惯，那个无期限的实情过了这么久才算远去，眨眼间就认定当下是虚假的，是空想或是噩梦，因它违反常规所以拒绝接受。于是也吃也喝也睡觉，如果运气好或者付钱就做爱，聊天的片刻忘记了怀有恶意的脚步从不停止而且总是向前迈进，自己始终天真无邪的步伐却会止步不前或不屈服，甚或不穿鞋。这是最严重也是最大的危险，因为一个人不该忘记的是，如果逃跑，那么绝不能不穿鞋，绝不能看电视，绝不能注视出现在面前的人的眼睛，因为有可能在那个人心肠软下来的一刹那就把他扣留，我的眼睛只向后张望，而追踪我的人朝前看，目光投向我黑乎乎的背部，所以抓住我有极大的可能性。

一切事端的起源都是普雷斯利，这可不是一句蠢话，但权当听唱碟时我们因自娱自乐、疏忽大意或说漏嘴的胡乱评说；也非为了这位歌者的女粉丝，为了引诱她或至少是取悦她强迫我们参加一场音乐会时，给我们带来了麻烦。一切都因埃尔维斯——普雷斯利本人引起。我本习惯称他为普雷斯利先生，直到他告诉我这么叫让他觉得好像是称呼他父亲才改口。所有人都和他亲密无间并直呼其名，叫他埃尔维斯。他死后，他的崇拜者和诽谤者还继续这么称呼他，虽然这些人从没见过他本人也从没和他说过一个字。或者头一次跟他见面的人，仿佛由于埃尔维斯的名气把普雷斯利变成非其本意就结交的朋友或所有人潜意识里的仆人。尽管我讨厌这样，但或许没什么不正常，至少情有可原。难道不是所有人都认识他吗？直到今天大家还记得他。

然而，当他命我放弃他所深深倚重的原则时，我倒宁愿称呼他普雷斯利先生并且在普雷斯利之后什么都不跟，直呼他的姓氏。我虽然不能肯定自己是否对他的命令感到有些遗憾,但我觉得在他有生之年,他二十七八岁时,该有那么几次,是喜欢听到别人叫他普雷斯利先生的。根据不同语言,"先生"在英文中是密斯特,在西班牙文中则是塞纽尔。把我带到他身旁的原因有十足的点缀装饰特点,是源自语言或类似的因素。我被雇用加入了协作方、助理和顾问团队,工作时间最初定的是六周,也就是拍摄电影《鲤跃龙门》所需要的时间。我觉得在西班牙上映时通常会换成其他名字,既非《鲤跃龙门》也非《在阿卡普尔科前行》,而是《阿卡普尔科的偶像》,我从未在西班牙看过这部片子。

但不久以前,我真的在西班牙买到了这部电影的影碟。当我在一家商店里找普列文①的唱碟时,有张花哨扎眼的原版碟撞进我视线中,我觉得挺有意思,所以就入手了。它所带来的回忆是我在很长时间里宁愿遗忘的,不用怀疑,团队里其他人也宁愿遗忘,并且努力遗忘,把那些往事抛在脑后。而影碟所附的介绍讲述的还是已被奉为神圣的一个古老的谎言、一则虚假的故事。介绍里讲到整个拍摄过程中普雷斯利

---

① 指安德烈·普列文(1929—),美国作曲家、指挥家。

没有踏上过阿卡普尔科的土地，为了不让他辛苦奔波，所有场景都是在洛杉矶、在派拉蒙公司的摄影棚取的景。与此同时，派了一个摄制组到墨西哥实地取景以备选用，从中剪辑出普雷斯利在海中、在沙滩上，骑自行车载着孩子在大街小巷中穿梭，在拉贝尔拉的悬崖峭壁上、在他打工或者说他所扮角色打工的旅店。他饰演受过伤的曾经的空中飞人，角色名叫迈克·温德格宁。我始终没有忘记那些姓名，相对应的容貌却记不清了。官方版本占尽优势，虽然它是精心谋划出来的，但跟几乎所有情形一样，和官方版本惯有的特点一样，无所谓谁是发行方：个人、政府、警方还是电影公司，都可以。的确，不论是在首映影片里，还是在如今的影碟中，所有出现的素材，凡有普雷斯利的场景，就是在好莱坞拍摄的，几乎所有场景都有他的镜头。而实情是任何一个不是在洛杉矶的摄影棚拍摄的有普雷斯利的镜头都被他们小心翼翼地既不进行剪辑也不使用；任何一个可能与制片人的版本或是普雷斯利先生的状况有所抵触的镜头都不用。然而，这并不意味着不存在其他被舍弃的素材，是深思熟虑后认真仔细地舍弃，可能把胶片扔进火堆或是剪碎，把它们变成一堆赛璐珞，连一毫米胶片、一格画面、一丝痕迹都不留。也许是我这么认为，因为实情是普雷斯利的确去墨西哥拍摄了影片，他没有待三个礼拜，只待了十天。十天后他不仅没有跟任何人道别就弃墨西哥而去，还自己决定再也不会踏上墨西哥的土地或是在那里停留，不要说十天或五天，一天也不会。普雷斯利先生既没离开过加利福尼亚，也没有离开过田纳西或密苏里，故此，他没去过墨西哥，也就根本没到过阿卡普尔科，那么二月的那些日子采访过他或是见过他的游客和阿卡普尔科人（或是自称）所遇到的不过是他无数替身中的一个。这部影片之所以用这么多替身或者说出于需要用替身，是因为歌手普雷斯利所饰演的角色要从遭兄弟恣意抽打而从吊杆上坠落下来的巨大痛苦中解脱，这在精神上对他造成严重伤害；对他兄弟的伤害则是身体上的，完全是致命的。《鲤跃龙门》一片的最后场景，或更确切地说，影片即将结束前的场面应该是从拉贝尔拉险峻的悬崖峭壁的最高处跳入太平洋。当然，拍摄这个场景任何人的脑袋都不会开花。这是普雷斯利去过墨西哥或是他在墨西哥驻留过的官方说法。这种说法还持续传播着。依我看来，在某种程度上是可以理解的。或许可能更简单，可能从来都不存在什么方式能把说过的话抹去，不管说的是真话还是假话，一旦说出口——无论是指责、杜撰、污蔑、造谣还是说三道四，否认是不够的。否认抹不去说出来的话，反而添油加醋，与其抹去说出来的那桩事实，不如编造上千种相互矛盾而且不可能的版本。辟谣、异议与针锋相对的反驳或者否认共存，这些累积起来，就越积越多，但从来也抹不去，继续讲下去本质上是种惩罚，唯一的抹去是沉默不语，是持久无言。

如今，普雷斯利先生已离世十八载。拍摄《鲤跃龙门》是三十三年前的事。虽然我认识他，但他确实不在人世了。大家依旧听他的歌，怀念他。我的确认识普雷斯利本人，而且我们一起在阿卡普尔科，我相信我们在那里。他在阿卡普尔科，我在阿卡普尔科。我们也到过墨西哥城，我们乘坐他的私人飞机飞行了数小时，超过估算的时间，不合时宜地抵达了墨西哥城，他在飞机上，我也在飞机上。我在飞机上的时间更长，那么久或是那种情形让我觉得时间难挨，遭追踪时，时间的延续和任何其他行为都不一样，因为每一秒都在数，一、二、三、四，他们还没赶上我，还没砍了我的头，于是我继续逃，我呼吸，一、二、三、四。

我们当然去过那儿，我们都曾在那里待过，那部影片的整个团队和普雷斯利先生的整个团队，过于庞大的团队全去了。他出门旅行，也许并不需要如此一应俱全的团队。他只要动一动，身后就有一个军团跟着，多多少少能派上用场的大概是一个营的人，有靠别人生活的寄生体，每一位都有自己的职责或者并没有特别明确的职责：律师、经理、女化妆师、乐手、美发师、成员始终不变的约旦人和声伴唱乐队、女秘书、教练员、因为普雷斯利对拳击的怀念之情而带的拳手、代理人、形象顾问、男裁缝和一名女裁缝、音响师、司机、电工、飞行员、财务人员、广告策划、推广代理人、媒体协调人、正式和非正式发言人、被授权探访或提供资讯的国内粉丝俱乐部女主席，自然还有保镖、伴舞、指导发音的女老师、各领域工程师、一名表情指导老师（没起什么作用）、临时医生和护士，还有一名身负重任的固定药剂师，我从来没见过那么大的药柜。据说，在这个组织起来的有层级之分的团队里有些人听命于另外一些人，可是很难知道谁听命于谁，也很难知道分成哪些部门，分成哪些科室，什么人担任负责人。应该绘制一张机构图或是其他类似的说明，我想说的是一幅机构组织图表。于是，有些人不受任何人管理，也有些对每个人来说是向某个人发号施令的人，那么多人进进出出，挤在一处，晃过来晃过去，从不知道自己确切的职责，尽管权且相信有些人有事做，那年头大家都不怎么怀疑，肯尼迪还没有被刺杀。普雷斯利的外套、衬衫、汗衫、工作服或是外罩上都绣有他姓名的首字母EP，绣成蓝色、红色或白色，和衣服颜色相仿。这样一来，随便什么人要是想成为团队成员的话根本用不着大费周章，大概求他母亲帮忙就足够了。这里没有人发问，团队成员太多了，根本不可能都认识。我觉得唯一能分清一些人并且还能统一监督的是汤姆·帕克上校，他算得上普雷斯利的伯乐，或是他的导师、教父或是别人告诉我的什么人（没有人把什么特别当回事）。他的名字冠以"技术顾问"的头衔出现在巨星出演的所有影片中，空头衔而已。在那种喧嚷嘈杂的环境中，上校的相貌分外突出，刻板严肃还有些神秘感。他总是系着领带，衣冠楚楚。上校的颌骨硬邦邦的仿佛无法放松下来，牙关紧咬着如同梦中磨牙。他说话时离交谈者的脸特别近，声音压得极低，但异常坚定，这样，尽管在一间挤满了通常无所事事、免费传闲话的人的屋子里和他交谈，唯一能听见他话的人也只有这个谈话者。我不知道上校来自何方，他是军人或仅仅是幽灵的传闻是否属实。称呼他上校是为了给他面子，满足他支离破碎的意愿。既然如此，为什么不叫将军呢？又没有什么能阻止他这么做。他枯瘦的外形和一丝不乱的花白头发让人心生敬畏，而且多数情况下令人反感，以至于他在摄影棚、办公室或某间屋子礼貌性地露露面时，里面的人神不知鬼不觉地就全走了，眨眼间就空无一人，仿佛他是带来坏兆头的人，或是没人愿意在不受任何保护的地方，在这个北方人的眼皮子底下多待片刻，更何况他那半透明的眼睛极难与人对视。尽管他彬彬有礼，元老院的元老派头甚于军人做派，但不管在什么场合每个人都称他上校，包括普雷斯利先生在内。

我的工作肯定不是必不可少的，只不过是普雷斯利一时任性增加的。我之所以被雇用，只有这个原因。所有人都去了阿卡普尔科，是为一部抄袭另一部的程式化影片工作的常规人员。《鲤跃龙门》是第十三部片子，也有新职员加入，可依我之见，就是死气沉沉地摄制一部无头无尾而且荒谬的剧情片，编剧照样赚稿酬着实让我佩服。编剧叫韦斯什么的，不用动一点脑子，来片场晃悠晃悠就行。普雷斯利仅对音乐感兴趣，我的意思是普雷斯利跟不离左右的约旦人或是名字有侮辱性的另一支叫"四个朋友"的伴唱乐队随时随地想唱就唱。我不太清楚那部影片讲的是什么故事，不是因为它繁杂而是相反，当既没什么线索也没有可替代的类似故事，或者暂时遗忘了影片风格的时候，就很难找到叙述主线。即便我目睹了片子的摄制，参加了首映前举办的一场小范围观影会，但之后没看过影片，我也可以讲讲这个杜撰的故事。我只知道埃尔维斯·普雷斯利，正如我前文说过的，他饰演曾遭到折磨的空中飞人，受罪片刻而已，片子里他也经常自由自在地舒展，无拘无束地畅游。我不记得飞人是否出于某种原因而在阿卡普尔科游荡，如果认为飞人自愿杀死了兄弟的话，则意味着洗清他有污点的从前或是逃出 FBI（我不知道，可能我把这部三十三年前的片子和其他影片搅浑了）。普雷斯利饰演的角色既唱歌又跳舞，这理所当然而且不可或缺，他在不同的场所既唱又舞：在餐厅、在旅店、在风光旖旎的悬崖旁的一块平坦地面。有时候，他心事重重，带着嫉妒注视游泳者或者挑夫，这些人喜形于色地从一块再普通不过的跳板上头朝下一个猛子扎进游泳池。一名土著斗牛女想追求他，另外一名酒店女公关或干类似工作的女孩为追他跟斗牛女争执。普雷斯利先生无论在虚构故事中还是在现实生活里，在女人方面始终艳福不浅。片子里他还有一名叫莫利诺的墨西哥对头。他的对手疯了一样，不停地从跳板上往下跳，目的只是为了搅扰温德格宁,然后斥责他胆小懦弱。普雷斯利为了那个公关妞跟他争执,饰演此女的不是别人,正是穿比基尼或是把衬衫在肚脐处俏皮打结、湿漉漉的头发用和衬衫布料一样的发带束着的瑞士演员乌苏拉·安德斯。她身着白色比基尼的在詹姆斯·邦德的首部影片中亮过相,片名是《007之诺博士》或是在西班牙被随随便便冠上的其他名字,她刚刚大红大紫,特别受青少年和大腹便便的已婚男士的追捧。然而,她在阿卡普尔科所穿的比基尼没怎么派上用场,虽然她在这部片子里穿的比基尼款式要比演邦德女郎时那件牙买加式的收敛许多。也许是汤姆·帕克上校强制的,上校像是位体面的先生,或者难道他无法忍受自己监护的孤儿承受不公平竞争。在那里闲逛的还有个口若悬河的假墨西哥男孩,既不知道原因也不清楚后果,温德格宁跟他做了朋友,这两个朋友①。男孩是话痨,电梯里的人都对他唯恐避之不及。事实上,每次他啰啰唆唆地凑近时,我们都相信杜撰的故事在推进,因为在虚构情节中,他是被兄弟的厄运、被恶毒的空

---

① 原文为 The two amigos,之所以这样写,是为了强调一个朋友是说英语的美国人,另一个朋友是说西班牙语的墨西哥人。

中飞人莫利诺折磨的前空中飞人的密友。这些就是所有情节，如果能算得上一个故事的话。

在拍摄地还有两名沉郁寡欢的电影界资深人士，他们谦卑的姿态和怀疑的态度跟这第十三部影片（我们必须想到这个数字）闹哄哄的气氛格格不入。其中一位是导演理查德·托普，另一位是匈牙利裔演员保罗·卢卡斯，他真实的姓氏是卢卡克斯。前者已近古稀之年，后者快八十岁了，两人都是在他们职业生涯即将结束前来阿卡普尔科当印第安人的。托普是个仁慈有耐心的男人，也可以说他烦透了，是受挫者。他完全没有执导影片的欲望，仿佛喉头让帕克用手枪抵着，被制伏的他不得不在拍摄每个镜头时叫"开拍"；叫"停"时他反而更放松、底气更足。他曾执导过精彩的或者说拿捏非常到位的冒险影片，比如《劫后英雄传》《圆桌武士》《兄弟姐妹》《凶宅七角楼》和《城堡风云》，他还导演了普雷斯利饰演的第三部影片，并且在不那么循规蹈矩的日子里，导演了《黑狱神枪》(或叫作《监狱摇滚》)。"那部片子还是另一种气象，黑白片。"在零星的空闲时间他跟卢卡斯讲这些，但非常克制。他是那种不会冒犯任何人的男人，不论对方是麦格那样的外省土财主还是深受大家敬重的制片人哈尔·威利斯。尽管卢卡斯或者卢卡克斯几乎总是演配角,但得过一次奥斯卡奖,他听命于库克、希区柯克、明奈利、休斯顿、都纳尔、沃什、惠尔、马茉莉安和怀勒,而且仿佛想和他们结盟似的,他总是把这些名字和相关的回忆郑重其事地挂在嘴边,担心最后出演的角色会让自己颜面扫地。他在《鲤跃龙门》里饰演乌苏拉·安德斯可有可无的欧洲父亲,可能是外交官、部长或者极落魄的贵族,因此才到酒店当厨师。整个拍摄过程中他不能摘下那顶比天高的白帽子,因为太高了,所以必须给帽子上浆,它是行业标志。我想说的是当他演着让自己蒙羞的平淡无奇、老一套的内容时,为了马上重复一个镜头,托普打着哈欠急匆匆低声叫"停"。怒气冲冲的保罗·卢卡斯把那顶糟糕透顶的帽子从头上扯下来,可能用匈牙利式的蔑视看着帽子,毕竟从未在美洲见过那种目光,并且用能让人听得见的声音嘟哝:"连一个镜头都没有,老天啊!我这把年纪了,一个干干净净的光头镜头都没有。"两年后当我知道这部片子不是他的最后一部而是倒数第二部时,他能以一个伟大的角色为职业生涯画上句号让我感到欣慰,在封镜影片里他饰演的是《吉姆爷》中的好先生斯泰因,一起出演的是两位和他一样实至名归的杰出演员埃里·瓦拉赫和詹姆斯·梅森。卢卡斯对我彬彬有礼,跟普雷斯利先生说再见大概会让他心里不好受。

您不应该从最终评价得出我过去和现在都瞧不起普雷斯利先生的结论。恰恰相反,现在和从前都极少有人比我(丝毫不狂热)更钦佩他,而且我清楚自己在这方面有巨大的优势。没什么人的嗓音能跟普雷斯利的相媲美,那些音域宽广,禀赋非凡的和声歌者里也没一个能与他比肩。并且他人很好,特别和气,对那些还算公正的评价,他丝毫没有恃才自傲的架势。他演电影却是另一回事。初涉这个行当时他认真对待,头几部片子演得不错,比如《硬汉歌王》(他对詹姆斯·迪恩崇拜至极,所有的对话都了然于心)。但普雷斯利先生的问题与其他成就斐然的人一样,越是成功赚的钱也越多,工作越来越多而自由支配的时间却越来越少,别无选择唯有大肆挥霍。也许还有些人因他而发了财,于是便利用他,胁迫他去制作、谱曲、写作、画画或唱歌。在情感方面利用与他的交情、利用他的影响力,还哀求,实则是挤对他、敲诈他,反正对那些处在巅峰的人来说,少数人的威胁就能起作用。好吧,威胁自然可能一直存在。于是,埃尔维斯·普雷斯利在六年时间里拍了十二部片子。此外,还参加了数以千计的五花八门的活动。总之，在他涉足的林林总总的领域中，电影是次要的。类似于他的个体背后总有生意人和企业家，需要维持产品销量的工厂时不时停工是他们难以接受的。事实上，我没见过任何一个人像普雷斯利先生那样遭受盘剥却依旧那么卖力地工作，而他的性格对避免出现这种状况毫无帮助，他个性不坏，既好相处也不傲慢，虽然有时的确好打架斗殴，但他讨人喜欢。他很难拒绝别人（就是对别人说不），很难反对别人。于是，他出演的影片越来越差劲，他在影片里面所饰演的角色也越来越可笑，对于像我这样钦佩他的人来说，这种状况让人不太愉悦。

他没有觉察，或者表面如此；或者作为任务的一部分他接受了那种尴尬，没有黑着脸，甚至还带着点自豪。又因为他工作时卖力又认真，加上是个热情洋溢的人，他不可能凌驾在任何一方之上或是嘲讽任何一方。我觉得由于同样循规蹈矩和克制的性情，他在二十世纪七十年代演出时不修边幅，蓄着邋遢胡子还同意穿得像马戏团的木偶：奇装异服上缀着箔片或流苏，裤子剪裁出长长的分叉，腰间扎着俗不可耐的宽皮带，脚上是嵌着金银丝的小高跟靴子，肩上搭个短斗篷。那件斗篷让我感觉他更像鼠小弟而非可能被效仿的对象——

超人。幸运的是，这段时期我和他没有交集，我认识他是在二十世纪六十年代，而且我们的交往不过区区十天，那时他还用不着那么低三下四，也不用去演别人突然想到了就要他演的低俗荒唐事，恐怕《鲤跃龙门》是不得体言行最多的一部影片。

每次他有新片推出时，我就想："哦，不，我的上帝啊！普雷斯利先生，这样不行。"可怕的是，普雷斯利先生好像对任何事都无所谓，甚至凭自己所向披靡的打趣能力享受这等恐惧。我不相信这么做会让他满意或是飘飘然，大概他不敢提出异议或是他若反对会让身边乱出主意的某个人失望：那位汤姆·帕克上校、舞蹈编导欧·克伦、制片人豪尔·瓦里斯或者甚至名字颇有冒犯意味的四人伴唱团"四个朋友"①，这个小团体的成员各种乱七八糟的点子特别多。也许普雷斯利太相信自己的才华，他大概认为能把任何恶作剧都演得让人津津乐道。他在表演中歌咏一切。虽然他没什么语言天赋，但他用各种不同的语言唱歌，还使他更加惊艳。那时我们还

---

① 原文为 The Four Amigos。的确有同名乐队和普雷斯利合作过，该乐队真名是 Borincano，即波多黎各人。

不知道他能用多种语言演唱。当我发现普雷斯利将被嘉年华里的马利亚奇乐队簇拥着，要敲小手鼓、摆弄墨西哥大草帽时，我想："哦，不，老天啊！让他省省吧。"马利亚奇风格的"雄鹰"乐队和"牛仔"乐队在酒馆里歌唱美酒、金钱和美人时，对我而言，它们是两支没有区别的乐队。

当他们告诉我普雷斯利先生必须穿上领口镶花边的短上衣、戴着猩红色绶带演唱庄严的《斗牛歌》，同时要跳跃让脚下踢踏作响时，我想："哦，先生，别答应。""哦，请不要这样，如果您父亲看到这情形的话，会怎么想呢？"我思考时他表演。斗牛士是位类似牧羊人打扮的女士，她挥舞着一件斗牛士短披风从普雷斯利精心梳理的头发上扫过或是把短披风置于双肩黄颜色的一侧，披风仿佛变成披饰。我看剧本时，读到普雷斯利的最后一场戏应该在悬崖峭壁上，他用西班牙语唱《瓜达拉哈拉》，所有的马利亚奇乐手围拢在他身边，假惺惺地鼓掌。当时我想："哦，不，这太过分了，简直该砍头。"不过，这是另一码事，而且语言方面一团糟不是我的错。

因语言而雇用了我。但雇我不是为了避免语言灾难，反而要去制造更多麻烦，目的其实是让一切变成完美的卖弄。我在好莱坞混了两个月，有什么活就干什么活。靠着曾在马德里有过一点交往的埃德加·内韦尔的几封推荐信，我在好莱坞独自闯天下。推荐信对我用处不大，内韦尔差不多所有的朋友不是离世就是退休了，不过至少他们还有些熟人，让初来乍到的我不至于饿死。在摄制现场或是录影棚，他们给我一周或两周的零活，就是当群众演员或是跑腿打杂，我无所谓，那时我二十二岁。所以，当我被叫到哈尔·佩雷拉的办公室、他问我的时候，我还不相信：

"雷耶，听着，你是西班牙的西班牙人，对吗？"

我姓鲁伊贝利茨，这让说英语的人开口读出来挺困难，所以我立马被唤作雷耶·贝瑞，大家叫我雷耶，正如他们所说这是我的洗礼名或第一个名字。我作为雷耶·贝瑞，这个小写的名字出现在1962年和1963年的一些影片片头的演职人员表中，片名最好就不列出来了。

"是的，佩雷拉先生，我是马德里人，西班牙的。"我回答道。

"好极了。听着。我有一桩美差给你，这样也解决了我们在最后一刻面临的问题。你去阿卡普尔科六个星期，当然了，那边三周加这边三周。埃尔维斯·普雷斯利的片子《阿卡普尔科假日》。"起初用的是这个片名，他们从不打算为片名绞尽脑汁。"他演一个海滨浴场的空中飞人,我不知道,我明天进摄制组。埃尔维斯要在片子里用西班牙语说点儿话、唱点儿歌,知道吧。现在他突然告诉我们不想说带墨西哥口音的西班牙语,而要说纯粹的西班牙语,好像他在塞维利亚学过,他说他知道字母C在西班牙的发音不一样,而他喜欢西班牙式发音。好吧,你会知道的。这儿上亿的墨西哥人我们都用不上,他想找一个西班牙人,在拍摄期间跟着他,纠正他非凡的发音。这里没几个从西班牙来的西班牙人,他们干吗要来我们这儿,简直荒唐!但埃尔维斯是埃尔维斯。我们可不对他说不。你由他的团队雇用,你听从他差遣而不是听我们的。不过,给你付钱的将是派拉蒙,埃尔维斯就是埃尔维斯。所以你最好别指望这周正干的活能拿到工钱。"你说什么啊?我们明天出发。

我没什么可说的,更确切地说我待在那儿一句话也说不出来。六周既稳稳当当又容易干的差事,陪在偶像左右,还是在阿卡普尔科。我相信头一次也是最后一次对自己的出生地赞美有加,虽然它通常不会给我带来任何好处,但这次由于它我要去墨西哥,是个几乎没多少活的差事,因为普雷斯利先生在这部影片中的西班牙语台词只有很少几句,诸如

"许多漂亮的女孩子""朋友"和"谢谢"之类。最难的是歌曲《瓜达拉哈拉》,他必须用西班牙语完整演唱,不过安排在第三周才拍摄,应该还有时间练习。

普雷斯利先生立刻对我产生了好感,他为人风趣、友善,毕竟他只比我大五六岁,尽管这个年龄差足够让更年轻的一方崇拜老道的另一方,更不用说他已是传奇了。口音问题实际上就是任性,而且他没能力发出马德里口音的C,于是我们用塞维利亚口音的,我向他保证那种发音是著名的西班牙C,令他惊讶不已的是这和他起初想避免的墨西哥口音那么相似。于是普雷斯利更多的是把我当成他的翻译而非卡斯蒂利亚语发音老师。

他好动,待不住,需要时时刻刻有事做,只要一拍完戏他就要离开阿卡普尔科。我们乘私人飞机飞往墨西哥城,迷你机舱里算上飞行员,能容纳五个人坐——五个朋友。或者我们分乘几部汽车到贝塔特兰或高帕拉。普雷斯利受不了白天黑夜都待在同一个地方,但他立马就厌倦了新地方,我们总是待不了几个小时就打道回府。有时候如果他看到的让他不愉快,那么几分钟过后我们就撤。也许吸引他的仅仅是旅途。我们往来奔波,凌晨两三点睡到早上七点(就要起身),

一连三四天如此,转天上午还要开工,让我们这些最擅长远足的人都精疲力竭,但普雷斯利除外,他的耐力无人能及,处在持续爆发状态并且对开演唱会也习以为常。就算不开演唱会,他也像一部唱歌机,整天高歌低吟唱不停,感觉得到唱歌让他活力四射,无论在飞机上还是在汽车上,他不停地和约旦人或是马利亚奇乐队,甚至跟"四个朋友"练歌。如果谈话不起劲,他就开始低声哼唱而最后我们都陪他唱,给普雷斯利伴唱是种荣耀,尽管我五音不全得厉害,而他笑话我还戏弄般执意要求我:"雷伊,接着唱。你一个人继续唱,你前途一片光明。"(我们轮流快唱慢唱,我哼唱自己偏爱的歌《别》或《泰迪熊》。"吧吧啦吧,吧吧啦吧"的配唱声在墨西哥的云端飘扬。这些事情是不会被遗忘的。)他对唱歌的迷恋让摄制团队的所有成员,就是威利斯团队和普雷斯利团队的人都有点儿疯癫或者至少是兴奋,我想说的是,如果不是音乐人,没有人能以平衡的心态容忍持续的音乐生活。连不苟言笑的保罗·卢卡斯,尽管年过八旬,满腔怒火,哼唱了片刻自己却没有觉察,我听见从他口中传来《波萨诺瓦的宝贝》,老爷子辩解说这首歌特别容易哼唱,他肯定没发现。普雷斯利演唱时,身着绿色长礼服,几名持小手鼓的人伴在他身边。

不过，最无法容忍的是有些人不仅任由歌声的潮水和没完没了的哼唱所裹挟，而且想法子让普雷斯利先生这么做，还挑动他感受自己的水准或是讨他欢心，堪称比埃尔维斯还埃尔维斯的人。在这支庞大的团队里这号人真有几位，但最俗不可耐的是麦格，仗着有钱就为所欲为。他五十五了，也就是我现在的年纪，行为举止特别可怕，他到访剧组的两天里不是自比为年纪只有二十七的普雷斯利或者二十二的我，而是彻头彻脑狂热青春期巅峰阶段的十四岁少年。乔治·麦格属于为数众多不适合交往的人之一，不知出于什么原因，普雷斯利对他忍气吞声；也许是对他事业出手阔绰的金主，或者是他老乡，因为同乡或是从前欠下的人情而忍受，可能如同汤姆·帕克上校。我明白乔治·麦格在密西西比拥有数家跨行业的企业，可能在阿拉巴马和田纳西也有，反正在普雷斯利的出生地图珀洛有。他是妄自尊大的金主之一，尽管远离那些在自己地盘方圆五百里有影响力的生意而且肯定是骗人的生意，但他没有能力改变霸道的德性。他掌控着塔斯卡卢萨、查塔努加或图珀洛的一家报纸，我不记得了，这些地名经常被他挂在嘴边。看上去麦格试图更改那个有问题的小城的名字，小城以乔治维尔为人所知。由于自己的奢望落空，麦格拒绝用这个城市名给他的报纸冠名而采用自己的第一个名字把报纸命名为《乔治先驱报》，惩罚则是日复一日印刷出来的报纸。于是有些人玩笑般地叫他乔治·先驱，把他变成了先驱（过后我认识了另外几位像他那样的人，有出版人、制片人、文化产业的企业主，这些人也马上变得只剩下"先驱"这个名词）。记得我曾用与普雷斯利先生出生地相关的地名跟他开玩笑，如果把图珀洛按西班牙语拼写，就是两个分开的单词，组合起来的意思是"你的头发"，这让他觉得特别好玩，他重复说，简直要笑喷了。也非常接近我们西班牙语"刘海"这个词。我告诉他，"这些名字好像编出来的"，"塔斯卡卢萨听上去像是一种酒精饮品，而查塔努加像一种舞蹈，我们喝点塔斯卡卢萨，跳支查塔努加"。如果会跟普雷斯利先生开玩笑，他做什么都顺心。他总是面带微笑，而且说笑就笑，可能太喜欢笑了。到头来他觉得所有人，甚至那些拍他马屁的和愚蠢之人都挺好。他极少对别人有要求，这会让人感到些许懊恼，然而怎么能跟这种圣人生气呢？况且我是打工的。

乔治·先驱，我是说麦格，毫无疑问他吹嘘自己和普雷斯利的友情有多么牢固,还病态地模仿他。麦格有刘海的发型是令人遗憾的仿制品:那一堆梳得挺紧实的乱发从前面看像为打猎设陷阱的人戴的帽子,如同大卫·克洛科特式的毛帽子;从侧面看,既然看不出河狸尾巴,也就是缺了帽带,让他看上去犹如一名穿制服的酒店侍者。他那么敬慕或嫉妒普雷斯利,说到底要比普雷斯利还普雷斯利,在任何方面他都不亚于普雷斯利,是一种家长式的合作伙伴。他们好像两名颇受大众欢迎的歌手,而他更老道也更有掌控力。但麦格根本不唱歌(除了那次灾难性的旅行中在飞机上的合唱以外,对我来说则是最后一次旅行),他引发的病态竞争完全是想象而已。麦格厚颜无耻地把普雷斯利的口头语据为己有,比如这家伙一天下午对我和飞行员说:"嗨,雷耶,汉克,咱们去FD",他指的是墨西哥城,在他的表达中指联邦区,然后又说:"FD听上去好像对法兹·多米诺①的一种致敬,我们去法兹·多米诺"(我非常敬佩这位音乐人)。麦格把这句俏皮话重复了上百次直到一切可能的笑点都消解了才作罢。"上路,我们去法兹·多米诺,去法兹·多米诺。"到头来大家都烦透了

---

① 法兹·多米诺(1928—),美国音乐人、演员。

他这种矫情。他到访的两天不遗余力地谄媚奉承还较劲,在所到之处(海滩、酒店、餐厅、电梯,以及一个貌似谈生意的会场上),他只要听到周围甚或远处有和弦声,当然总是从某些地方传来和弦声,就夸张地乱舞。他像个装模作样的疯子似的不知羞耻地狂舞,借用一条毛巾快速摩擦后背或者大腿外侧;仿佛风尘女子,造成自毁名声的下作视觉效果。他超胖,蠢笨地冲过来冲过去,像歇斯底里的少女那样挪移,分秒不停地旋转极小的仿佛被唤醒的脚,和克洛科特发型一点都不相配的"猪脑袋"东摇西晃。乘飞机前往墨西哥的途中(当然,对我来说没有回程),我们不得不建议普雷斯利不要哼唱节奏太快的歌曲,因为《乔治先驱报》的持有人会立刻变得极度兴奋——他那双狡黠的双眼动摇了我们的空中平衡状态。麦格不喜欢慢歌,只喜欢《猎犬》《震撼了》《蓝绒鞋》这样的歌,能让他癫狂并能舞动手边找得到的毛巾、绸带或围巾。他神情猥琐。搁到现在的话,有些人可能称他是连自己都佯装不知的隐形同性恋或同性恋,实际上他吹嘘说自己不放过任何一个从身边经过的美女,他的原话是:既不会朝美女伸手也不会说一句粗俗的奉承话。

那个晚上他的目光不仅在普雷斯利身上停留,病态十足地监视他，还在影片女配角的身上瞄来瞄去，这位年轻的金发姑娘是我们去 FD 一行的一员。我则固定成为所有这种找乐游的翻译。我们上车时，汉克自己溜了。但我们是那天晚上飞。那女孩叫特瑞，或者希瑞，我没有注意名字，有点怪或者并不是特别怪。这方面麦格也试图跟普雷斯利争，我是想说他不先看清楚"大王"是否有自己的计划就发起进攻，这除了缺乏觉知也缺乏想象，那姑娘有计划是显而易见的，但根本就跟他这个大笨蛋无关。

既不是普雷斯利的错也不是我的错，或者说这些全是次要的，麦格犯的错才是最主要的，而我所说的不是其他原因，我极反感他那猎人脑壳。飞墨西哥城的是五个人，是我们五个人一起走进娱乐场所或迪斯科舞厅或酒馆；去阿卡普尔科的则是十到十五个人。通常情形是一旦有客人发现普雷斯利，就会引起骚动并造成很多人昏厥。场子的老板或主人一旦发现他，会粗暴无礼地中止骚乱，并且为了不搅扰普雷斯利，会把晕过去的女人撵出去，但凡不立即离开的，我看到酒吧中寻衅滋事的混混对不会伤害到别人的女孩子拳打脚踢，吓唬她们。虽然我们不喜欢这样，但我们想安安静静地喝一杯塔斯卡卢萨或是跳支查塔努加，所以也没有其他办法。秩序一恢复过来,最经常出现的情形是我们会毫无例外地吸引那些艺人的目光,我们打断了他们正在进行的表演,一切就是这样。也会有些悄悄来要签名的人。有一次,我们得知当晚可能会发生的事:几个年轻人嫉妒心大发,口出恶言并企图挑衅生事。我情愿不把那些话翻译给普雷斯利先生而是说服他离开,最终什么都没发生。那些家伙有折刀,有时候他们不管看到什么有钱人都会联想到发钱的工头。

我们困在一家挤满顾客的嘈杂酒吧,那地方让人不舒服,而且安保很糟糕,或者说那些打手只保护老板,不保护任何一位顾客,哪怕顾客是名声显赫的美国佬。酒吧外观类似一家洞窟似的夜店,揽客广告上除了墨西哥女歌者和女舞者的照片,还有少数几个假模假式的巴西女歌舞演员,我们心血来潮说进就进去了。里面的人挤挤挨挨,一派闲荡无所事、骂骂咧咧的气氛。那儿是我们进的第三家夜店,大家都灌了不少龙舌兰酒,我们挤着走到吧台,左推右推也顾不上礼数,一字排开坐下。

舞池另一侧有张惹人注意的桌子,坐着七八个看上去没什么教养的有钱人,五名男士和大概三位女士,女士可能是被租来陪夜或是按天雇用的,他们一再朝我们看,尽管我们背对着舞池，但桌子也紧挨着舞池。也许他们喜欢在特别近的地方看别人跳舞，那些女人的确在看，不过这样做的男人只有一个，是看上去最年轻的那个：高颧骨，身体柔韧，保镖模样。和他同样外形的另外两位安安静静，视线不离主人一分一秒。他们看上去不像当地人，其实确实是。主人之一也是当地人，在墨西哥算是稀松平常的模样，三十五岁上下，一头鬈发，蓄着胡子，在好莱坞可能会把他当成理查德·蒙塔尔班、吉尔伯特·罗兰德或塞萨尔·罗梅罗而雇用他。他俊朗高大，仔仔细细卷好的衬衫袖子捋得很高，二头肌露了出来，时时刻刻准备接受考验。他的同伴或者别的什么人是个皮肤很白的胖子，更像是欧洲血统，留着花花公子那样的发型，头发被熨帖地全向后梳，因为很长所以一直落到了后颈，白头发并没有染。这年头我们会把他们称为金盆洗手的黑道人物，但那会儿还不用这种说法。他们是些暴发户，不过原则上无可指摘，他们可能是餐厅、商店或酒吧甚至小牧场的业主、雇用职员的企业家，无论去什么地方都有拿薪酬的雇员陪同，而且如果需要的话，身边的陪同会保护他们不受小工和某些做错事的工头的伤害。胖子手里攥着一块巨大的绿帕子，他一会儿用它擦前额，一会儿用它扇来扇去仿佛要赶苍蝇或是获得魔法，转瞬间帕子就和他一起称霸舞池。

我们的到来没引起大动静，因为我们胳膊肘撑在吧台上，背冲外，还因为汉克身形巨大，他立在普雷斯利先生和那三四个起先没有靠近我们的女人中间，这样便极大地转移了注意力。过了几分钟，普雷斯利转动脚凳，往舞池看，有一阵轻微的声响，他若无其事地喝酒而那些声响兀自减弱。有时候他无神的目光能安抚人群，就像是未曾看到他们而且消融了他们；或者他脸部细微的表情似乎承诺了些日后的美好。彼时他安安静静，喝着自己的酒，看着墨西哥兄弟跳舞，仿佛有片刻，忧伤袭向了他，但没有在他身上停留。

但乔治·麦格肆无忌惮，他是个容易被激怒的家伙，而且为了实现壮举自然不知疲倦。要是他看到普雷斯利安安静静的，既不配合他也不模仿他的话，他就借机试图让自己更抢眼并盖过普雷斯利的风头，其实白费工夫。他想拉希瑞去跳舞，几乎强迫她，可她不陪他去舞池，还摆出凶巴巴的表情，捂住鼻子，像是要表明那边有臭气。但我发现这种情况引起了那个留着油乎乎披肩发的胖子的注意，他双眉紧皱，同样也没有逃过那位能替代塞萨尔·蒙塔尔班或理查德·罗兰德的老兄的警觉，他右侧二头肌绷得有点儿紧。

因此，麦格迈着极碎的步子自己走开，他的双眼仿佛被正在演奏的伦巴小号曲点燃了，他没有收敛一连串令人恐怖的动作，也没有停止既不合时宜又尖利的嗥叫，那仿佛是对墨西哥人喧闹的欢声笑语的一种讥讽。汉克和普雷斯利玩闹似的观察他，爆发出阵阵哈哈大笑，年轻的希瑞受到他们的感染和吸引也跟着学。过于肥胖的《乔治先驱报》持有人跳起舞来狂抖胯部，惊扰了舞池里的某位女士。高颧骨的保镖像块木头那样挪动身体，他的印第安人眼睛要是眨动一下就能灭了麦格，可麦格没有停下来。其他几个跳舞的人倒是停止舞动，挪到舞池的一侧待着，我不知道他们这么做是因为厌恶麦格还是为了欣赏他放肆地跳舞。这家伙大幅度地晃动他犹如小号手或侍应生的帽子，不害怕丢了工作并糟践自己，忘了帽子贴着毛发浓密的皮，忘了帽子是否很安全。问题是他不带着自己的毛巾旅行而且大概把毛巾当成跳舞时必不可少的物品，当白脸胖子一个不小心把他的帕子抛到空中好扇扇风时，麦格毫无顾忌地顺了过来并立刻搭到后背，把帕子的两个角打了结，开始习惯性地快速从上往下搓背，我们对他这种做派了如指掌。从失去帕子的那刻起，白脸胖子没有立即把手收回来，而是让手无力伸着，仿佛表示不会放弃收回他挚爱的绿帕子的意志，也许那是他的护身符。其实当麦格舞动着接近那块帕子时，胖子试图从他的座位上够到帕子。麦格越来越肆无忌惮。在长时间的嬉耍中，他扣住帕子的某个瞬间或是把帕子放到臀部自娱自乐的某一刻让胖子失去了耐心。白脸胖子猛然站起身，我发现他特别高，他怒不可遏地要从没有被制伏的狂舞者手上夺过帕子。可麦格敏捷地转了个身，并且在那胖子重新坐下来前，摆出耍横的神情重新把帕子抢到手。不论是在图珀洛还是在塔斯卡卢萨，麦格都习惯于把自己的意志强加给他人。虽然白脸胖子和另一个胖子在舞池抢夺绿丝帕挺好玩，挺有喜剧色彩，但看到吉尔伯特·罗梅罗跟他那伙人丝毫不觉得有趣时，我也就高兴不起来了。接踵而来的则让我更不喜欢：头发梳得光溜溜的胖子那不耐烦的表情变成冷酷的狂怒和残忍，他扇了麦格一巴掌，再次把帕子夺回来，与此同时穿着弹力衫的保镖用膝盖撞土老财的腰，让麦格双膝着地，他的舞步戛然而止。仿佛他在排练，但不能继续练下去了，胖子接下来的动作力道狠毒，他用帕子缠绕跪在地上的麦格的脖子，并把帕子角往里拽，要就地勒死他。帕子变窄并紧缩起来，紧绷到让人难以置信的程度，刹那间失去了宽度，成了一根极细的绳子，连绿颜色都看不出来了,绷得特别紧。白胖子用力拽两个角,红得像块肉排的脸上写满冷酷无情,像是机械般快速地给一个不好打包的包裹打结。我觉得他要在那儿灭了麦格,就在舞池中成百名舞者的眼皮底下。他一言不发,犹如一道闪电。舞池瞬间变得空无一人。坦白说我根本没反应过来,我可能感觉我们摆脱了那个阔佬,也就是想想而已(可能我是在更晚些时候想到的却以为是那个时候):"他把他杀死了,他要弄死麦格,正置麦格于死地。谁能预言?死亡可以像描述的那样,在意料之外如此愚蠢地出现。"一个人走进声色犬马之地却想象不到一切会以可笑的方式在此画上句号。一秒钟、两秒钟、三秒钟、四秒钟过去了,过去的每一秒都无人干涉,于是让这不可逆转的死亡变得更为确凿。谋杀正在发生,我们所有人都看在眼里,墨西哥城一个臭脾气的胖子就要在我们眼前弄死一个查塔努加的有钱人。

然后,我看到有人用西班牙语在舞池里大呼小叫,所有人都拥进舞池,普雷斯利揪起那个躲过一巴掌的男人的衣领,汉克手里拿着帕子,他使劲推那胖子让他回到自己的座位,把罗兰德桌上的酒瓶全打翻了。那伙人没带刀或者不止带了刀,他们都挺有派头,不是打手混混而是头目和产业主,他们还带着手枪，我从另外两个打手的表情清清楚楚地看出来他们有枪，一个人把枪放在胸前，另外一个人的枪放在身侧，尽管蒙塔尔班横着张开的一只手去制止他们，仿佛是说："五个。"最兴奋的是汉克，他也总带着枪，但没能幸运地用上，有武器的人在预见到可能会派上用场时更兴奋。他把帕子揉成一团，气呼呼地扔到胖子边上，并用英语说："是疯了还是怎么了？竟敢杀他。"那块丝帕浮在空中。

"那家伙说什么？"罗梅罗立即问我，他已经意识到我是一队人马中唯一会说西班牙语的。

"他是不是疯了，想把他杀了。"我机械地回答。"不至于这样。"我加上自己编的话。

事情没有闹得更大，眼下过去的每一秒或每一次喘气都该减缓紧张气氛，一场无关紧要的争执，音乐、燥热、龙舌兰酒，行为举止如同一个被宠坏了的孩子，在希瑞的帮助下麦格缓缓站起来，他剧烈地咳嗽，看上去受了惊吓，而且不明白怎么有人会伤害自己。麦格没事，事实上没有时间捅出大娄子或者那胖子不像看上去那么壮实。

"那老骚娘们让胡里奥兄弟觉得腻歪，胡里奥马上就觉得累了，"罗梅罗·理查德说，"他们最好快点儿把她带走。所有人都走,酒钱已经付了。"

"他说什么?"普雷斯利立刻问我。他也急着要弄懂对方说了什么,要了解发生的事情和所说的话。我发现他陷到那桩事里了,詹姆斯·迪恩①的幽灵造访了他,这引起我的不安。他自己的影片过于绵软,不能令那位幽灵满意。汉克用头向普雷斯利示意我们该走了,朝门走过去。

"咱们快点走吧。我们的酒钱他付。"

"还有什么?他还说了别的。"

"他骂了麦格先生,这就是全部。"

埃尔维斯·普雷斯利是他朋友的朋友,至少是那些老朋友的朋友,他恪守忠诚之道并深感自豪,况且许多年来没有人曾对他发号施令。从忧伤到打架不过一步之遥,对拳击手生涯的怀念。

"他骂他。那家伙辱骂他。先是试图杀了他,接着又骂他。他说什么了?他说什么了?告诉我。他算老几,敢来命令我们走?"

"他说什么了?"现在轮到罗兰德·塞萨尔问我。因为听

---

① 詹姆斯·迪恩(1931—1955),美国演员。

不懂，他们怒不可遏，这么争执起来就会被激怒。

"您算老几？轮得着他来通知我们走。"

"你们听听，胡里奥，伙计们，那个到美洲来的西班牙移民问我是谁，凭什么让他们去街上。"蒙塔尔班说话时眼睛瞧都没瞧我。让我奇怪的是（虽然时间紧迫，还是给了我翻译的时间）他说让我问普雷斯利先生而我只要翻译就可以，我没有理会他的指示，或者过了会儿我才领会了那番话的意思，之所以这样是因为一个人需要让自己重新置身于已发生过的事情或要重新构建那件事。"我是店老板。不管你的东家多有名，我是这儿的主人。"他重复道，有块二头肌抖颤着，发出轻微震音。他们很讨厌，我的东家没有打动他们，我们到的时候他们没有表示问候而眼下又来赶我们走。"我说你们走吧，带上那个舞娘。我想让他离开我的视线，我不想再等了。"

"他说什么？"轮到普雷斯利问了。

被两面夹击让我觉得累。我看着"舞娘"，罗梅罗这么叫他，麦格已经呼吸自如，但还是一副被吓得不轻的样子，病态的小眼睛迷迷瞪瞪的，他拉着汉克的夹克要我们走，汉克把头偏向普雷斯利继续示意，希瑞已经往门口走了，麦格倚靠着她，或许占她便宜或许抚弄她，他是那种从不吸取教训的人。胖子胡里奥又坐回到自己的座位，一番打斗过后，他的白皮肤变得犹如面具。他应对着慌乱的对话，两只手一上一下搭着（几枚戒指锃亮），仿佛没有否认将会再次采取行动。

我觉得回答普雷斯利之前我先对那位理查德说一下比较合适：

"他不是您认为的那种人。他是双重的，您知道的，是他的替身，就是替他演影片里的危险场面，我们正在阿卡普尔科拍片子。他叫迈克。"

"那个替身太绝了，"胡里奥戏谑道，"像那些爱美的女人一样，迈克大概做过整容手术。"他用那块帕子拂过前额，把那么一件令人作呕的东西摆到那个高度。

"他们说什么了？"普雷斯利执意要知道，"他们说什么了？"

我转身朝向他那个方向。

"他们是店主人。我们最好还是走。"

"还说什么了？你们说迈克什么了？谁是迈克？"

"迈克是您，我告诉他们您叫迈克，您是双重的，是您同时又不是您，不过我觉得他们不相信。"

"那他们说乔治什么了？你说过他们骂他了。告诉我这些家伙说乔治什么了？他们不能想说什么就说什么。"

最后一句话显出了美国式天真。这有我的错，普雷斯利和我的错只是次要的，毋庸置疑，麦格的错才是第一位的，我的错只能是第三位。那个时候怎么能向普雷斯利先生说明那些家伙正使用阴性词来指麦格：老女人、烦人、舞娘，英语不分阴阳性而我不会在舞池给他上一课。我的目光又落到那个"老女人"，也就是"舞娘"身上。他当时的年龄正是我现在的年龄。他怯懦地微笑，怯生生地缓慢离去，他开始感觉到置身于风险之外，他拉着汉克，汉克轻轻拽普雷斯利（"埃尔维斯，我们走吧！别管了！"），没有人拉我。我用头朝塞萨尔·吉尔伯特示意。

"好吧，他说麦格先生是胖基友。"我说。我当然不是这么说的，而是与之对应的英语，以可能的方式置换。我无法避免不这么说，我避免不了，我希望《先驱报》的老板听得到，希望要是他听到了，就能不再那么飞扬跋扈，也不去惩罚任何人，除了忍下辱骂什么都不做。我希望其他人也听到了，不过是些幼稚的话而已。

我忽略了普雷斯利特别敏感的个性，而且立刻就忘了那个幽灵。我们所有人都喝了龙舌兰酒。普雷斯利先生竖起一根指头，戏剧化地指着我并对我说：

"你要一个词不落地告诉那个小胡子，雷耶，一个音节都不能少。你跟他说：您是地痞流氓，是头猪，而唯一的胖基友是您的帕子。"他用英语跟我说，嘴巴都歪了，显得很猥琐，会让特别年轻的粉丝们的母亲不信任他。是些校园中的脏词，不涉及戴绿帽子或是婊子养的，在二十世纪六十年代，这种词极为恶毒。我想到类似"胖女同性恋"的词，最后一个阴性词是字面上的用法，因为他说"女—朋友"，也可以是"女友"，而非干巴巴的"朋友"。他极短暂地停顿了一下，手指一直立着，接着说："把这些话告诉他。"

我去给理查德·塞萨尔传话，用西班牙语告诉他（不过吞吞吐吐地）：

"您是地痞流氓，是头猪，而唯一的胖基友是您的帕子。"我的确用西班牙语说了"胖基友"，一说出那些词我才发现自己是第一次把那么具体的词真实地说出口，尽管它们并不比"舞娘"或者"老女人"更具侮辱性。

普雷斯利继续说：

"你跟他说：现在我们要走是因为我们想走，还因为这地方臭,并且我期待在里面的人很快被烧死。雷耶,把这些话告诉他。"

于是,我用西班牙语重复了(不过说的时候情绪没那么激动,声音也更低):

"现在我们要走是因为我们想走,还因为这地方臭,并且我期待在里面的人很快被烧死。"

我看到吉尔伯特·理查德的二头肌如同果冻一样颤动,他的胡子缩到一角,我看到胖子胡里奥虚张声势地张着鱼嘴,同时抚摸着戒指,仿佛戒指是武器,我看到在桌旁的两个打手中的一个放肆地摆弄外套下摆,还露出了在套子里的枪托,仿佛那是印刷品。可理查德·罗梅罗又把手平摊开,仿佛再次说明:五个。这手势并不是一切的稳定剂①,因为我们是五个人。接着,他同一只手的食指冲上,轻轻示意指向我,仿佛握着一把手枪而大拇指是竖起来的保险栓。希瑞已经到了门口,麦格也是,他紧紧护着遭猛击过的腰部。汉克一只手拉着普雷斯利,另一只手塞在衣兜里,而且像是抓着什么放在兜里的东西,我已经说过了——没人拽着我。

---

① 手掌平摊有镇定之意,同时又会被理解成五个人。

听到我把所有的话都翻译完之后，普雷斯利转过身，三步并作两步到了门口和其他几个人会合。他的手搭在汉克的外套上有种确定无疑的意义，对那些墨西哥人也是，肯定的意义。大门已经敞开，我跟着他们，我落在后面，所有人都加快脚步朝外面走，他们已经到了外面，我跟在他们后面要出去，偏偏就在那一刻，一名身穿侍应生制服的男子横插到普雷斯利先生和我之间，他的背冲着我，他比我高，眨眼间我就看不到其他几个人了，那个制服男也出了大门。相反，看守大街的门卫进来了，并且在我能跨出大门之前把门给锁了。他横在我面前，挡住了我的步伐。

"你，西班牙佬，你站住。"

我从不相信在墨西哥真会这么称呼我们西班牙人，正如我不相信打小就听过的另一桩事一样：如果在墨西哥酒馆的吧台用七个拍子敲击并说出"一小杯茴芹甜烧酒"①或者甚至什么都不说，只敲击出七个节拍的话，他们根本不会再听下去就直接朝我们开枪，因为这个行为是羞辱。那一刻我没想到去深究这些说法，既没心情要茴芹甜烧酒也没心情做其

---

① 西班牙语的这句话共七个音节。

他事。

这次叫我的不是吉尔伯特·蒙塔尔班而是胡里奥,我看见过胖子打结,觉得眼下他火气更大,更无法控制。

"可我的朋友们已经走了,"我转过身说,"我必须和他们一起走。他们不说西班牙语,您也看到了。"

"你别担心这个。帕恰克会一直陪他们到酒店的,他们将平安抵达。不会再回到这里,这一点可以肯定。"

"如果不让我离开的话,他们会回来找我的。"我回答的同时用余光向后看,大门应该没关上。

"不,他们不会回来了,他们未必知道地方。"现在发话的是塞萨尔·罗兰德。"要是你出去的话,未必知道怎么回到这儿。你肯定没有注意到我们在的街区,你们几位没发现这儿离市中心有那么点儿远,好多人都这样。不过,你不会出不去的,今天晚上你得多陪我们一会儿,时候还早,给我们讲讲祖国母亲的故事,可能还会再骂我们,好让我们多听听你的口音。"

这架势我一丁点儿都不喜欢。

"您看,"我说,"我没有骂各位。是迈克,他说让我告诉你们,而我只是翻译。"

"啊，你就是翻译而已，"胖子插话，"遗憾的是，我们不知道是不是这样，我们不懂英语。我们不明白那个埃尔维斯说什么，但明白你说的，你说得非常清楚，语调像所有西班牙的西班牙人那样有点敲击感，我们确实听到了你的话，我们当然听见你说什么了。相反，我们没听见他说什么，我们没法听你老板说什么，他说英语，对吧？我们没学过英语，我们没上过什么学。理查德，你听懂那个美国佬说什么了吗？"他问吉尔伯特或者塞萨尔，就是那个叫理查德的。

"没有，我也听不懂，小胡里奥。不过，这个西班牙佬说的话的确听懂了，我们大家都听得很明白，伙计们，对吗？"

小伙子们和姑娘们从不应答，仿佛知道这种情形下他们不过是点缀性的。

我又扭头朝门口看，大块头的守门人还在，他的身量和汉克差不多，他扬扬下巴示意我往里去。"唉，埃尔维斯，现在你的确偷走了我的青春。"我想。看到我没出去他们本该再进来看看，大概帕恰克不让他们来，难道被武器对准了？不过，汉克有手枪，而且不算上希瑞，在街上他们是三对一，他们为什么不回来找我？我还没有丧失希望，可瞬间后，当我看到那个枪托露在外面的乡下人离开座位朝我走过来时，我就不抱希望了。他扬长而过，继续向大街走，守门人给他敞开大门，然后立即把门关上。在门打开之际，守门的家伙把一只手搭在我肩上，一只让我动弹不得、重如铅块的手。或许那个打手要去帮穿制服的帕恰克，或许他们不陪我的同伴去什么酒店（没有酒店，只有飞机）而是找他们算账，就像这些找我算账的家伙，只不过在夜店之外算计他们，称之为散步。

我不知道他们想怎么办，是阻挡同伴们解救我还是让我陷在困境之中。解救我。唯一会想到必须来救我的人该是普雷斯利先生，还有，我们一起相处了几天，我是雇来的或是打零工的，这就是全部，毕竟我说当地语言而他该知道怎么调派我。汉克不像那种会扔下谁不管的坏人，但他是保镖，而且主要职责是保护普雷斯利先生，经历了这番险恶之后让他安然无恙地回去，其余的都是次要的，等"大王"远离所有危险并不受丝毫威胁时，可能会来找我，他要是出什么事就完了，方方面面都会很严重。相反，我不会让任何人破产。说到麦格和那个姑娘，麦格大概会把我扔在这儿直到坐穿地狱，这么想并不是责怪他，当他在舞池里伴着伦巴的节奏被勒住脖子时，我连个手指头都没动。曾因一伙人的争执而并非死亡的濒临被打断的音乐再次响起。我的背部被狠狠推了一下,那个蛮横的大肉坨干的。我走到理查德的桌边,他的手指着那个乡下打手空出来的座位硬要我坐下。他示意的表情挺友好,脖子上牢牢地系着一条极雅致的石榴色围巾,我能做的只有尽力让自己得到谅解,那些话不是我说的,却曾在我嘴里或者经由我的嘴变成真实的话,是我把那些话讲出来或是破译出来的,难以置信的是,怎么能把那些不是源自我头脑、非我意愿也非我情绪所使的话怪罪到我头上呢?可话是用我的语言说的,我的语言赋予了它意义,他们通过我的语言领会了意思,如果没有被翻译过来的话,那些人只能感受到普雷斯利的语调,而语调缺乏含义,虽然语调有所指或者模仿或者暗示什么。语调杀不死人。我担当了使者、中间人、真正传送信息的人、翻译,他们听懂了我的话,而且可能不希望和像普雷斯利先生那么重要又赫赫有名的人物大动干戈。如果他们抓伤了他,恐怕FBI都可能会越过边境来捉拿他们,小喽啰都知道动手前要知道什么人能动、什么人不能动,对什么人只是给点儿颜色,让什么人流血,正如监工和企业家心知肚明的,打零工的是另一码事。

  我陪着这帮人,他们有男有女。我们整个晚上去了好几个地方，大家围坐在一张桌子边，看舞蹈表演、脱衣舞表演或者听歌，然后我们去了另一家夜店。我不知道去的是什么地方，每次从一个地方到另一个地方都分乘好几部车。我对墨西哥城几乎一无所知，看着一些街道或者广场上的招牌，某些名字留在脑海中，可我并没有再回过那座城市，我知道自己不会再回去了。理查德现在已是古稀之年，而胖子胡里奥好几百年前就死了（喽啰们大多干不长久，他们生活漂泊且生命短暂）。卢西奥博士街、莫莱利阿广场、拉维斯塔博士街，这少数几个名字印在我脑海中。夜晚的欢乐聚会我和胖子相伴——他们把我指定给他或者是他自己的选择，他是和我对话最频繁的人。他问我是哪里人，我告诉他是马德里人；他问我叫什么、在美国干什么，他问我的生活以及可能那时才开始的短暂的个人史，或许他需要了解那个晚上他将要杀的是什么人。

我记得他曾问我：

"雷耶是怎么回事？你老板这么叫你，对吗？我们没有这么个名字。"

"我叫罗西里奥，叫我雷耶是为了顺口。"我撒谎了。我不会告诉他我的真名。

"罗西里奥还有什么？"

"罗西里奥·托雷斯。"不过，人扯谎时几乎从来不会是百分之百的假话，我完整的姓名是卢伊贝利兹·德·托雷斯。

"我几年前去过马德里一次，住在卡斯蒂亚纳希尔顿酒店，棒极了！晚上非常热闹，好多人，有不少斗牛士。白天我不喜欢，那地方挺脏而且街上到处是警察，好像他们害怕市民。"

"还不如说是市民害怕他们，"我答道，"所以我离开那儿了。"

"瞧，伙计们，他是反叛者。"

我说话尽量克制，同时彬彬有礼，没有太多机会展现我的亲切。我讲了些趣事，看看他们是否觉得有趣或滑稽，可他们没打算从我身上找到乐子。当有人反对我们时，什么都不要做，我们的功劳丝毫得不到认可，嘲笑一个人所说的话（除非是女人，她们的确是什么情形都笑）之前咬自己的腮帮子和嘴唇，一直咬出血来才停。时不时有人想起来我在那儿的原因，他们高声提醒那个缘由，不让任何人的热情冷却。

"哎呀，那小伙子（指普雷斯利）为什么把我们想得这么龌龊？"理查德盯视了我之后突然说，"希望我们不在时他的愿望没有实现,希望我们回来时大陶①变成了灰。如果这样的话,那就太让人痛心了。"

或是胡里奥对我说的:

"既然你选了一个那么恶心的词,调皮的小罗西里奥,你为什么非说我是女同志不可呢?你本来可以叫我男同志。这样的话,我大概不至于这么痛苦,你也看到是怎么回事了,敏感性是非常神秘的。"

每当把这个扯到我身上时,我都竭力辩解:不是我,我只是传达而已;不过他们有道理,麦格挑的事而迈克一点儿都不公正。但那都是徒劳,他们总揪住那个古怪的想法不放——他们只听到并且明白我说的话,他们怎么知道那个大歌星用英语说了什么呢?

那几个女人也偶尔跟我聊几句,不过,她们仅对埃尔维斯有好奇心。我保持镇定并且收回自己说的话,他是双重人格,无法从影片中的他窥到真实的埃尔维斯,他极难接近。帕恰克出现在第三个夜店,见到他时,我大吃一惊。他挨近理查德,冲他耳语的同时用那双印第安人的眼睛瞄着我,胖

---

① 地名,指飞机停放地。

子胡里奥把椅子拉近,手放到耳边听汇报。接着帕恰克离开去跳舞了,他喜欢舞池。理查德和胡里奥什么都没说,尽管我带着询问的神情,肯定是忧心忡忡地看着他们,或许正因为如此他们才沉默不语,为了让我不安。最后我壮起胆子问:

"先生,对不起,您知道我的朋友们是否平安到了?另外一位先生陪他们去的,对吗?"

理查德把香烟的烟雾喷到我脸上,还从舌头上捏下一根烟丝。他顺便摸了摸胡子,作答时紧绷起二头肌(几乎痉挛起来):

"这一点我们没法知道。今天晚上似乎会有暴风雨,但愿如此,但愿他们摔得粉碎。"

他故意朝另一边看,因此我觉得不该再问了,而且我心里相当明白。如果不是指航班的话,那句话分明没有意义,所以帕恰克该是驾车带他们到了郊外飞机降落的机场,现在应该告诉理查德的是,根本没什么酒店,一架小飞机而已,否则理查德不可能知道,没人提过在大陶的飞机,我也没说过。眼下我的确倍感迷惑,如果普雷斯利和其他人已经飞往阿卡普尔科的话,就轮到我辞别(人世)了。我感到如临深渊和断崖峭壁,感到遭遗弃,剧烈的疏离感袭来抑或是幕布合起来了，我的朋友们已不和我在同一个阵地了。无论那时还是接下来的五天里，我从未想过会被那么强烈的或是马上出现的末日来临感所笼罩。普雷斯利的地盘离得更远了，麦劳、希瑞和汉克确信那个国家对他来说不安全，除非只在阿卡普尔科待着，因此他们发出警示，考虑到所发生的事必须马上撤离片场。五天后（"五"这个数字），我狼狈不堪地回到阿卡普尔科时，光碟所附介绍册提及的第二组人还在，一部分人是留下来拍摄景色；另外一部分人作为分队等着，以备我万一出现。好像自打那个夜晚起，普雷斯利先生再也没有踏上墨西哥的土地，而是在摄影棚拍摄了空中飞人迈克·温德格宁的所有镜头，我的双面人的想法被用上了。拍摄在瓜达拉哈拉山峰唱歌的场景时我好像没能到场，对他们来说那本应是听唱片或在屏幕观影时展示西班牙语最具冲击力的场面，虽然普雷斯利一个词没漏地唱了整首歌，但唱的是什么没人听得懂。他的发音含糊不清。拍摄完那个场面时，所有人为他鼓掌，按照他们给我描述的情形，大家都虚伪地向他表示祝贺，说埃尔维斯太棒了，他以为自己难懂的发音是完美的而且没有一个人给他挑错，谁敢呢？埃尔维斯就是埃尔维斯。我从来没有再多去打听，但似乎就是如此，普雷斯利先生被迫晾着我，先是被帕恰克威胁或者被手枪逼迫，接着被麦劳、汤姆·帕克和瓦里斯肆意恐吓。人不喜欢去想自己遭蠢人欺骗的事。

我感到迷惑不解。我必须离开，逃离那儿。我请求去洗手间，他们同意了，但让另一个保镖和我一起去。保镖把枪夹在腋下，这矮胖慵懒的家伙老是不离我左右，从一个地方挪到另外一个地方的途中，在夜店、在车里他都在我旁边。事实上，整个晚上他们都把我当成一件被监管的包裹拖来拖去，当作一名打手的一个组成部分，但并不怎么搭理我，时不时以吓唬我为乐，但没有把我作为他们主要的娱乐目标，那帮人有点疲乏而且没什么想象力，他们大概天天晚上聚在一起，该厌倦了。我还是新面孔，不过那种周而复始的氛围一定会把我吞噬，会吞噬一切的。

到了第四家夜店，或者是第五家（数数对我来说挺困难）时，他们对什么都提不起兴趣了，于是聚会结束。

我们在城市几公里以外，我不知道自己朝着东西南北哪个方位。是深夜时分公路旁的一个地方，周围是旷野，世界上到处都有这样的地方，人们之所以来这里只是为了延长纵酒狂欢的时间，没人愿意来，来了想快点离开。看不到什么人,几分钟之后人就更少了,其实留在那儿的只有我们,两名疲惫不堪的女孩子、帕恰克、矮胖子、理查德和胡里奥,主管和一个为我们服务的侍应生,似乎大家都是朋友,甚至最后那些打工的也是朋友,理查德可能是那地方的老板,胖子胡里奥也许是合伙人。理查德喝了很多酒,又有谁没喝多呢?他小憩了一会儿,陷到一个女人怀里。他们都是些无关紧要的小喽啰,他们无组织的罪行被洗白了。

"小胡里奥,你干吗不动手干完,然后去睡觉,怎么样?"他一边打哈欠一边对胡里奥说。

干完什么,那时候我想,什么都没开始。难道胖子要惩罚我?或许他们会把我放了。可是不能背了我这么个包袱一整晚后就不了了之。也许胖子会杀了我,悲观和乐观的想法总是如影相随,勇敢与胆怯的想法也始终同时出现,反之亦然,不单独出现而是夹杂在一起。

胖子胡里奥的浅色夹克上印有汗渍,淌那么多汗必然浸透衬衫、洇湿了夹克。梳得一丝不苟的头发闪出更多灰色的光,经过一宿夜生活,他的头发早就不听话了,披在颈肩处的头发拳曲着,几乎成了卷毛。他白皙的面孔现在变得苍白,双眼流露出厌倦,也透出坏脾气。这又高又大的大块头嗖地站起来并且说:"可以,就按你的意思来。"他一只手按住我的肩膀(他那只手更像一条鱼,潮乎乎的,还有气味,像接触时给弄湿了),说:"伙计过来,跟我出去一下。"于是他指向一个带小窗的后门,隔着窗隐约看得见植物或者片片叶子,好像对着一个小花园或者菜园。

"去哪儿?您打算让我去什么地方?"我警觉地大叫,他觉察到了我的恐惧。我掩饰不了,我精神崩溃了,那年头是这么叫这种状态的。

胖子抓住我的一只胳膊,粗暴地一下子就把我揪起来。他把我打倒在地,让我脸朝下动弹不得。他有力气,尽力使大劲,这总能观察得出来。

"从那儿往后走,我们大家都上床前咱俩再聊聊'舞娘'的事。你也该睡了,今天实在漫长;相反,生命倒是短暂。"

那天已经流走的时光消失在了遥远的岁月中。虽然上午还和保罗·卢卡斯、乌苏拉·安德斯在阿卡普尔科拍摄电影桥段,但那似乎是不可能的。胖子不知道这情形离得有多遥远。

其他人一动不动,瞧也不瞧一眼,这是胖子的私事,而且这种事没有证人。他用左手把我推到后门,另一只手拧住我的胳膊。走过一扇来回摇摆的门，我们到了外面。那个夜晚的确有暴风雨将至的迹象，已刮起燥热的风，灌木丛起伏不定。那边有一片林地。我的脚踩到草时觉察到了，并且即刻感觉到脸贴着草，而且是干草。在最意想不到的时刻胖子朝我肋骨处猛击一拳，他走路不再拖拖拉拉了。我立马感到自己背上压着的巨兽在哈哈大笑，接着在脖子上、腰上感到些什么，没准是那条帕子，一定是那条几个小时前暂停执行任务的绿色帕子，眼下重又在我的咽喉处打上结，终于把我这个包裹捆绑起来了。不仅仅是他的手有鱼腥味，胖子整个身体都散发着腥气，由他的汗液散发出来的。现在没有音乐，没有伦巴，也没有小号，什么都没有，只有呼呼作响的风声或是暴风雨的前奏。那扇摇来晃去的门通向我难以预知的死亡舞台，发出吱扭声，墨西哥城郊的一座后花园。怎么可能是真的？一个人走进一家黑洞洞的夜店是不会想象到那儿是末日的起点的，而且一切以幽暗可笑的方式，被一条皱巴巴、油乎乎的脏帕子猛勒至生命尽头。帕子数千回掠过那个要杀死我们、杀我的人的前额、后脖颈和太阳穴，他正在杀我，那天上午没有人能预言到此事，一切却在一秒内结束。一秒、两秒、三秒和四秒，我将在这种确定无疑、正在发生的行为中被杀死,却根本无人干预,人们连瞧都不瞧一眼,一个我不知道究竟是什么人的胖子谋杀我,只知道他叫胡里奥。他是墨西哥人在一无所知的情形下等了我二十二年,我短暂的生命将在墨西哥城郊的一座后花园的干草中戛然而止,怎么可能是真的?不可能是真的,而且不是因为我突然看到那条他攥在手里的帕子,丝绸舞动,于是我发狂地撕扯帕子,绝望地用我倒霉的后背和手肘掀翻了胖子,双肘用尽全力戳入他的大腿。可能胖子在勒我脖子时花的时间太长,所以力气耗尽了,就像他勒麦劳要把麦劳送到地狱时也耽搁太久一样,一下子是勒不死人的,必须保持着力度数秒:五秒、六秒、七秒、八秒甚至更长时间,这些时刻会显得格外漫长,因为过去的每一秒都被他数着。我继续一边用力一边呼吸,一、二、三、四,现在把尖利物体抓在手里的人是我,我攥住一只有尖角的器物,跑起来的同时把它举高,让绸子卡进摔倒了又无法迅速站起来的胖子的胸部,他就像只屎壳郎,汗渍印指示我应该用尖状器物击中何处,那些地方有肉也有生命,而我必须灭了这个血肉之躯。我把尖利的器物一次、两次、三次地刺入,一种如同水流哗哗作响的噪声出现了,我要杀了他,我要杀了他,我正在杀死他,这怎么可能是真的?可事情正在发生，无法逆转，我目睹了一切。那胖子早晨起床时还根本不认识我。他今天早上起床并没想象到自己将不用再起床了，因为一把不知被扔在后花园多少年的镐头把他杀了，一把用来除草的镐头也被用来凿出一个意料之外的坟墓，一把可能之前没有见识过血的镐头，这鲜血发出的腥味愈发浓重，始终潮乎乎的，涌出来的血染污了从暴风雨中逃逸来的风。

精疲力竭的感觉也在那时骤然而止，既不疲倦也不混乱，甚至连意识也没有了，或者的确有，但掌握不了也控制不住，更不可能调整，与此同时一个人要逃离并开始讲述和回顾，渐渐想道："我杀了一个男人，我杀了一个男人并且无法改变结果，而我不知道他过去是什么人。"毫无疑问他思考时的动词时态就是过去式的，一个人不说"他是谁"而是无法解释地说"过去是什么人"，没有想这样好不好、是否合理，也没有想是否有其他法子，想到的仅仅是事实：我杀了一个男人，而我不知道他是什么人，所知道的只有他叫胡里奥，他们叫他小胡里奥，是墨西哥人，曾去过我的故乡一次，住在卡斯蒂亚纳希尔顿酒店，他有过一块绿色帕子，这就是全部。今天上午他还对我一无所知，他也不知道我的真实姓名，我再也不会知道关于他更多的事。我不会知道他的童年，也不会知道那时的情形如何，不知道他是否上过学，所学到的知识极少，其中不包括英语，我不会知道他母亲是谁或者是否活着，他们是否将把胖子胡里奥意外之死的消息告诉她。一个人尽管不愿想这些还是想了，因为他必须逃走，马上就跑。如果不曾经历过，没人知道被跟踪是怎么回事，跟踪既不长久也不活跃，事先经过深思熟虑才实施，热切并果断地展开行动，不停歇，坚定执着甚或狂热，仿佛跟踪者的生活除了和被跟踪者较量以外别无他事可做。如果不曾经历过，没有人知晓被追踪五天五夜的情形。那时我二十二岁，我再也没有去墨西哥，尽管理查德现在已到古稀之年而胖子好几百年前就死了，我看着他死的。直到今天我张开自己的手掌并看着它，因它自语道："五个。"

是的，最好不想也不跑，最好跑到我的灵魂撑得住的地方才停下来，灵魂已然不再混乱也不疲惫，我的感官全部苏醒过来，仿佛我刚从一个长长的梦境中醒来，当我钻入小树林并隐身其中时，轰然响起最初的几声雷鸣。那些充满恶意的脚步上路了，带着要摧毁我的充满仇恨的焦灼，透过风我听得一清二楚，理查德的叫嚣在风中飘荡。

"我现在就要人，我要看到他的尸体，我不想等、不要等、不会等，你们把那个婊子养的脑袋给我拎来，我要看到他被剥了皮，浑身涂满沥青，插着羽毛，看到他被斩首，成了一具死尸，他没命了，我疲惫不堪的仇恨才会停止。"